时代推理

SHERLOCK HOLMES
AND THE QUEEN OF DIAMONDS

福尔摩斯
与钻石女王

海德◎著　傅悦◎译

时代文艺出版社

图书在版编目（CIP）数据

福尔摩斯与钻石女王 / (美) 海耶斯，(英) 怀特海德 著；傅悦 译.
—长春：时代文艺出版社，2013.10（2018.1重印）

ISBN 978-7-5387-4369-2

Ⅰ.①福… Ⅱ.①海… ②怀… ③傅… Ⅲ.①长篇小说－美国－现代 ②长篇小说－英国－现代

Ⅳ.①I712.45 ②I561.45

中国版本图书馆CIP数据核字(2013)第233038号

出品人 陈 琛
产品总监 郭力家
选题策划 方 伟
责任编辑 方 伟 乔迎迎
装帧设计 孙 俪
排版制作 周艳云

福尔摩斯与钻石女王

〔美〕海耶斯 〔英〕怀特海德 著 傅悦 译

出版发行 / 时代文艺出版社
地址 / 长春市泰来街1825号 时代文艺出版社 邮编 / 130011
总编办 / 0431-86012927 发行部 / 0431-86012957 北京开发部 / 010-63108163
官方微博 / weibo.com / tlapress 天猫旗舰店 / sdwycbsgf.tmall.com
印刷 / 三河市京兰印务有限公司
开本 / 889 mm × 1194 mm 1 / 32 字数 / 137千字 印张 / 6.5
版次 / 2014年1月第1版 印次 / 2018年1月第2次印刷 定价 / 39.80元

图书如有印装错误 请寄回印厂调换

Contents 目 录

第一章

迷雾相逢

伦敦湮没在迷雾中。

雾弥漫于凹陷的屋顶和倾斜的烟囱，渗出刺骨的寒冷，几乎遮蔽了铁制街灯那微弱的灯光。

格林公园黑黝黝的繁茂树林对面，耸立着几栋白石高楼。在其中一栋楼的影子里，蜷缩着布莱克雷特·林奇，他想飞奔到偷猎者酒吧痛饮格罗格烈酒，然后在熊熊燃烧的火堆边烤烤他那冻僵的四肢。尽管这个憧憬很诱人，却无法让他的口袋鼓起来。如果这世上有什么令布莱克雷特热血沸腾的东西，那就是钱。

身后的黑暗里，沉重的呼吸声如期而至，那是他的三个同伴：其貌不扬、身材矮小、诡计多端的艾尔菲·亚当斯，黑白混血、咖啡色皮肤的奥尔文尤·韦德洛克，和急脾气的戴斯蒙德·欧理瑞。

和布莱克雷特一样，他们皆由时代塑造：出身贫穷、酒鬼流浪汉二代、果腹和蔽体全依仗教会执事的接济。起初，因为饥饿和绝望交织，他们被迫行窃。后来，因为贪婪和懒惰，他们无意离开这黑暗的罪恶世界，反而不断借此磨练自己的犯罪技艺。

远处传来大本钟的整点钟声。晚上9点了。待在手边的一只流浪狗开始狂吠。艾尔菲擤着鼻涕，像往常一样，他用衣袖擦了擦鼻子。

“我的脚都冻僵了。”欧理瑞嘟囔道，嘴里哈出了一团团的气。他拼命跺脚，想以此让麻木的脚恢复知觉，但布莱克雷特的嘘声让他停了下来。

“他说得对，布莱克雷特，”艾尔菲低声说道，“白费力气的事，我们还是别干了。今晚这儿一个人影都没，抢什么啊？”

布莱克雷特没有立马回答。当然，他们是对的，但他不愿意承认这一点。他们在平常出没的地方能收获得越来越少，所以他建议往西走，那里遇到富人的机会更多。但麻烦的是，因为这雾，人们都闭门不出。

“我们再等个几分钟，”他固执己见，“再没人来，咱就收——”

突然，他竖起耳朵，同伴们也纷纷效仿，努力分辨那个由远及近的声音。是马蹄“哒哒”声，落在因为雾气而湿滑的鹅卵石上，不疾不徐，强劲清晰，与之交织的，分明是飞驰而来的车轮声。

“我怎么跟你们说的来着？”布莱克雷特粗声说道。

他一把将嘴里的卷烟屁股扔到地上，橙色的过滤嘴很快消失在充斥着煤炭颗粒物的雾霾中。随即，他从自己破旧的夹克衫口袋里掏出一把短刃折叠刀，打开刀，用手紧紧地抓住黑色螺纹的刀柄。他一旁的艾尔菲·亚当斯又擤鼻涕了，可怜的鼻子已经被他弄成生锈的吊货钩一般。奥尔文尤·韦德洛克麻利地将已经失去光泽的指节铜套套在了黝黑的右手上，立马熠熠生辉。戴斯蒙德·欧理瑞则总是很乐于在有利条件下，放手一搏，此刻，他正不停地用圆顶硬礼帽"啪啪"地拍打着手掌心。

布莱克雷特那变了色的龅牙在浓密的黑色大胡子映衬下显出灰色，看起来像只黑色老鼠，这也是他名字的来历[①]。他紧盯着角落，止不住地咧嘴笑着。这辆车是黑色的单马马车，有四个红色的轮子。马车黄色的侧灯中间，高高坐着的是包裹严实的车夫。除非布莱克雷特猜错了，否则他们今天在此地一定收获颇丰。

他向同伴做了个手势，以往的经验让他们迅速分开，然后消失在硫磺色的雾涡之中。

马车在黄红色的迷雾中，沿着街道中央飞奔，离他们越来越近……越来越近……直到——

艾尔菲飞快地冲到马车前面，伸手一把抓住马勒，大声喝道："吁！吁！吁！"

与此同时，韦德洛克和欧理瑞从两边夹击马车，欧理瑞将一个偌大的鞋钉扎进轮胎的轮毂里，接着向座位猛冲过去，他一把抓住受惊马夫的围巾，猛地将他拽倒。马夫跌下了马车，摔倒在鹅卵石上，神志不清。欧理瑞拉住了马车的刹车，纵身跳到马夫

---

① 布莱克雷特（Blackrat），英语中的意思为黑色的老鼠。

身边。他一把拽起马夫，用硬礼帽扇了一下他的脑袋，马夫一声不吭地倒地了。

韦德洛克这时猛地拉开了车门，开始翻找东西。车里的乘客负隅顽抗，但力量悬殊，马车短促地猛晃了一下。最终，这位黑白混血儿把胳膊抽了回来，布莱克雷特此时看到了他们猎获的唯一乘客：一个女人。他满意地点点头。

还是个挺漂亮的女人。

韦德洛克将她拉出马车时，布莱克雷特用舌头刷了一遍他那满是污垢的牙。在深红色的斗篷掩盖下，不难看出她身材高挑，举止优雅，衣着考究。金银相间的钻石王冠头饰与她浓密乌亮的卷发相得益彰，脖子上搭配着相称的项链。而在她的耳环和戒指上，更多的钻石闪闪发亮。

这位女士约摸三十岁，漂亮的高颧骨上方是一双深邃如黄宝石般的眼睛。她有着秀气的鼻梁，饱满的红唇和紧实、轮廓分明的下巴。她的皮肤白皙无暇，但此刻愤怒使得她涨红了双颊。

“哟，瞧瞧这是谁。”艾尔菲喊道。

她猛地挣脱了韦德洛克的束缚，抬起手想要扇他一个耳光。就在此时，她听见了布莱克雷特落在鹅卵石上缓慢而渐行渐近的脚步声。她转过了身，眯起眼睛，分辨出他矮胖的轮廓。

“你胆敢拦我的马车！”她说道。

她的美式口音使得布莱克雷特竖起了他乱蓬蓬的眉毛。美国佬——他们都很有钱，确实如此。但是，她的话语里没有一丝恐慌，有的只有怒火。

“对不起，殿下！”他嘲讽地说道。他在她面前停下脚步，故意夸张地鞠了一躬。“破坏了您美好的夜晚，真是该死。”他打量了她一番，对她毫不掩饰的富庶泛起了本能的鄙视，“亲爱的，您这是要去大剧院，还是去上流晚会？”

欧理瑞也加入了进来，围成了一个半圆以胁迫她。他的脸棱角分明，满是疤痕，淡蓝色的眼睛像拳击手般冷漠无情，被打破的鼻子下面横生着杂乱的小胡子。

但是这位女士此刻仍然是愤怒多过害怕。

“你吃了豹子胆？”她重复道，“你知不知道我是谁？”

“哦，”布莱克雷特一边说，一边仔细地打量她，“您不够丑，肯定不是维多利亚女王。”

“我是俄莱娜·蒙太古，”她无比骄傲地说道，“俄莱娜·蒙太古伯爵夫人，如果你们不想受九尾鞭鞭挞之苦，赶紧放了我！”

“哦，我可不这样想，殿下。”

布莱克雷特迅速地伸出拿刀的手，刀锋划开了伯爵夫人斗篷的布艺搭扣，韦德洛克攥住她肩膀上的斗篷，一把扯了下来。

布莱克雷特咧嘴笑了笑。他的猜测是对的：她身材高挑，举止优雅，凹凸有致。她穿着一件苹果绿的晚礼服，汤勺样式的圆领口下面依稀可见挺拔的胸部，因为极力想要抑制自己的愤怒，此刻它正在急速地上下起伏。合身的连衣裙衬托出她纤细的腰，裙摆从臀部到脚踝成喇叭形展开。

但是他的注意力不由自主地落在了她的项链、耳环和王冠头饰上。这些还只是其中一部分。钻石在她修长的手指上闪闪发亮，是南非的美钻和南美的紫水晶。

布莱克雷特直咽口水。

“我要感谢您戴了这些个小首饰，殿下。”他一边说一边逼近她。

现在俄莱娜知道害怕了。他的声音突然变得低沉，这使她意识到可能会有比抢劫更糟的事情。

他下面的这句话无疑印证了这一想法。

“我俩还可以到您的马车后面进一步相互了解一下，我的夫人。”

他的同伴哧哧地窃笑，艾尔菲这时又擤了擤鼻涕，用袖子擦了擦鼻子。

她看着这几张色迷迷奸笑的脸，明白自己已经成了他们意外捕获的囊中之物——抢劫之余的奖赏。他们不仅殴打……或许……已经杀死了她的马夫普雷斯科特，还要抢她心爱的珠宝，他们甚至还要……

她绝不允许这样的事情发生，于是不顾一切地挥舞着自己的拳头。她的戒指刮破了布莱克雷特的脸。血顺着深深的伤痕淌了出来，染红了他那杂乱的胡子。他往后踉跄了一下，开始咒骂她。

他的手下们很快把她围在了马车处，将她一把抓住，并死死地按住。她听到他们脏话连篇的诅咒，感觉到他们的贪欲，如此近距离地闻到了他们肮脏身体散发的恶臭味，不禁一阵恶心。

布莱克雷特一只手放在他受伤的脸颊上，走到微弱的灯光下检查了一番。他手掌上的血晶莹发亮。他看着这位伯爵夫人，摇了摇头，像是在说她不该如此自找险境。

他故意将刀子收起来，然后反手攻击她。

她猛地撞到了马车上，脸颊瞬间麻木了。出于愤怒，她挥舞着乱拳想要攻击他。他先是惊讶于她的豹子胆而退缩了，但之后在他同伴的呼应下，他们顾不得她拼命的抵抗，迅速地将她按倒在马车上。

“把她拉进去。”布莱克雷特尖利地说道，此刻欲望使得他的声音更加嘶哑。

手下们忙着执行他的命令，这时一个声音在他们背后响起：“住手，先生们！”

布莱克雷特转过身，想要看清说话的人。人行道上不远处，站着一个瘦高的男人，戴着一顶宽边平顶的斯泰森牛仔帽，穿着一套棕色短款西装，棉衬衫，黑背心，系了一条窄边的蓝色领结。他看上去既不严峻，也不愤怒，但带着无法名状的威严。

布莱克雷特立即去摸刀，无意中将自己摆到了对阵的前沿。

“见鬼，你是谁？”他厉声问道。

这个不知从哪冒出来的人瞪着看他的脸。“一个你不想招惹的人”是他轻柔的回答。

布莱克雷特冷笑了一下，他的胡子也跟着缓缓地动了动。“伙计，你有两个选择，”他说道，“要么继续走你的阳关道，装作什么也没瞅见，要么你就狗咬耗子多管闲事，不过你要当心，别被我们打得屁滚尿流。”

尽管形势对他不利，这个陌生人似乎并未被威胁所迫。尽管没有微笑，他的眼睛透露出布莱克雷特和他的帮凶根本没有吓住他，反而让他觉得很滑稽。

“你到底要干什么？”布莱克雷特挑衅道。

陌生人思考了片刻。他是个值得细看的人，有着晒成褐色、雕像般的脸，看上去充满睿智。他淡蓝色的眼睛看上去很深邃，挺直修长的鼻子下方是不大的嘴，发白的双唇此刻正紧闭着，金色微红的山羊胡子并不能很好地遮挡住他那有些皴裂的下巴。

最后他开口了：“我劝你让这位女士离开。”

布莱克雷特咧嘴对着他的同伴笑了笑。“哦，他这还真是让我吃惊。很明显我们今晚是一石二鸟了。”然后他又对着陌生人说道：“伙计，是时候教训你少管闲事了。”

他和他的同伙背对着伯爵夫人，逼近这个陌生人，但他丝毫没有胆怯，反而透出无畏而兴奋的期待神色。

“对不起，夫人，让您看到这些，”他说着，拿起自己的帽子向伯爵夫人轻轻挥了一下，“是他们欺人太甚。”

话音未落，他飞速地交叉起胳膊，双手放在腋下，眨眼间掏出了两把科尔特四五式手枪。他将枪对准这伙强盗，用大拇指扳回击铁，准备射击。

“咔哒”一声。

听到这个声音，布莱克雷特和他的同伙都吓傻了。

“嗨，嗨，别当真啊，您呐！”布莱克雷特慌忙说道，“我的意思是，我们不知道这位女士是您的朋友，否则我们也不会打扰她了。是吧，小伙子们？”

“绝对的，伙计。”艾尔菲擤了下鼻子。

这位陌生人嘲弄地说道：“我已经给足了警告。”

“是的，是的，”布莱克雷特小鸡啄米似地忙着点头，“我们没有认识到，真的是大错特错了。但我们绝对不会再犯同样的错误了，伙计。我们立马滚蛋，现在、立刻、马上。”

在任由他喋喋不休之后，这个高个子美国人说道：“因为你们这些家伙，我现在两难了。瞧，我不想一枪崩了你们，因为那样，我就违背了对别人许下的诺言，但是我又不能让你们在骚扰了这位女士之后逍遥地离开……”他顿了一下，像是在寻找对策。

“先……先生，您息怒，”布莱克雷特央求道，简直要声泪俱下了，“千万不要开枪！我们保证不会再干同样的事了，真的。”

但陌生人没有露出丝毫的同情，他的眼睛闪过的都是冷漠和无情，很显然，他之前就杀过人，还不止一次。

意料之外的声音救了他们。

“没事了，”俄莱娜说道，“我想他们肯定已经认识到了错误。让他们走吧！”

陌生人似乎不为所动。

“求你了，”俄莱娜接着说道，“我不想有人因我丧命。”

听到这话，陌生人放松了神色，眼神也不那么冷漠无情了。

“这样的话，”他对着这伙拦路抢劫犯说，“看样子今晚是你们的幸运夜，蠢货，滚吧！”

“妙极！”布雷克雷特说道。

“我们正准备这么做。”艾尔菲补充道。

韦德洛克和欧理瑞一起点了点头。

陌生人看着他们碎步疾跑地消失在雾里。直到完全听不见他们急促的脚步声，他才将自己的枪放回上衣的褶层里。

他穿过马路，走到伯爵夫人身边，拾起了她的斗篷，“嗨，夫人，让我……”他抖了抖斗篷，轻轻地将它披在她并不瘦弱的肩膀上。这个绅士般体贴的举动几乎像是个拥抱。

伯爵夫人看着他的脸，这应该是个和她年纪相仿的男人。她正准备向他道谢，他已经转过身迈开步，不一会儿就消失在雾中。

俄莱娜很失望，之后意识到他只是去马车附近找她的马夫。

她跟着他，高跟鞋在被雾笼罩的街上敲打出响亮的“嗒嗒”声，她看见他正跪在马夫身边，而马夫此时已经坐了起来，小心翼翼地摸着自己的脑袋。

“你还好吧，先生？”

普雷斯科特使劲用手和膝盖支撑着身体，然后伸手去够他掉在地上的帽子，“还好，先生，我一会儿就好。”

俄莱娜跪在他旁边，说道：“谢谢……先生。”

“霍华德，夫人，”陌生人说道，“我叫托马斯·霍华德，来自密苏里。”

俄莱娜伸出了右手，“能碰上个美国人，真是太高兴了，”她应声道，“我是俄莱娜·蒙太古伯爵夫人，十分感激您。”

让她失望的是，他并没有拿起她的手放在唇边，只是简单地握了握。但恰恰是他的狂野和桀骜不驯引起了她的兴趣，甚至让她兴奋莫名。

“如果你没有过来救我……”她开始说道。

“最好不要总是说‘如果’，夫人，重要的是，我过来了。”

“是的，谢天谢地，要不然……”她停了下来，意识到自己的感激让他倍感尴尬。

他转过身去，扶着马夫站了起来。普雷斯科特看上去很苍白，摇摇晃晃地站不稳，太阳穴肿了好大一块。尽管如此，他的话透露了他离死神还很遥远。“对不起，夫人，”他真诚地说道，“事情发生得太快了，他们完全攻我不备。”

“我并没有受到任何伤害，普雷斯科特。”俄莱娜说道。她走到马车前，转过脸对陌生人说：“霍华德先生，我们捎你一段吧，你在哪儿下？”

“没关系的，夫人，我还有事要办。”

她再次感到失望。“如果您能陪我回家，那真是帮了我一个大忙。”她有些厚脸皮地说道，“经历了这些，我有些心惊胆战。”

他奇怪地看了看她，因为显然她看上去丝毫没有惊慌的模样，“如果这样的话，那真是荣幸之至。”

他把她扶进了马车，自己也跟着钻了进去。普雷斯科特关上门，爬回到车夫的座位。不一会儿，他们听见他“咔哒”一声，给马儿重新装上了马具。轻微的摇晃之后，他们开始在雾霾弥漫的黑夜里前行。

“霍华德先生，您来伦敦很长时间了吗？”

他正凝视着窗外雾茫茫的街道。每当街灯闪过，光投在他的侧脸上，能看出他心事重重，“没有，夫人，我刚来几天。”

“您来英格兰是公事还是度假？”看到他又继续盯着窗外，她说道，“对不起，我并非多管闲事。”

他转过来对着她，“该道歉的是我，夫人。我不善言辞，不过既然您问起……我是来找人的，我的弟弟，汉克。他前不久来这儿的……嗯，可从那之后，就了无音信了。他是个莽撞的‘愣头青’，我答应母亲要找到他。”

俄莱娜的脸上显出了关切之情，“呀，那可真糟糕。场里有没有帮你寻找？”

“场里？”

“苏格兰场，就是警察局。”

“没，我还没报警呢，夫人。”

“哦，您还是报警吧。这是个大城市，霍华德先生，根本谈不上宾至如归。光伦敦的人口就高达五百万，光靠自己想找到个人，可不是那么容易的。”

“多谢提醒。我，嗯，一定会告诉他们的。”

她听出了他不够坚定的语气，突然有了个想法。“等一下！”她说道，“你可能并不需要警察！我也能帮助你。”

“夫人，您是说？”

“我知道一个人———一个神探。他是个好奇心很强的人，但他办案的技巧非常娴熟。我会请他帮助你的。”

“夫人，我可不想给您找麻烦。”

“根本不是麻烦，霍华德先生。事实上，我一直在想怎么报答您的救命之恩，这应该是最好的方法了。”

“但现在天色很晚了，而且——”

“嘘，”她说道，“我已经下定决心了。你如果了解我的话，就会知道我一旦决定做什么，就绝不会变了。”她冲动地前倾着，对窗外喊道：“普雷斯科特，请改道贝克街221B号。”

第二章

打开的书

约翰·华生医生仰面靠在椅子上，双眼紧闭，身边是奄奄一息的炉火。他曾经是个身体壮实的人，中等偏上的身高，粗壮的脖子，方脸和两撇小胡子。但是现在，即使是经过了长时间的休养，他过去运动员般的身体已经遥不可及。

他曾随陆军医学部到过阿富汗，做过助理外科医生，在迈万德战役中肩膀和腿部两处受伤，回到了英国。他复原得很慢，至今仍处于康复期。回到英格兰后，总算有件幸运的事情，那就是碰到夏洛克·福尔摩斯，这位世界第一，据他所知，也是世界唯一的私家侦探。这也使得他无暇为自己的伤势愁眉不展。

但是，此刻他腿部持续的疼痛让他再也无法平静下来。对于华生来说，即使是最微小的天气变化也会加重疼痛，他已经受够了持续一晚上的隐痛。

他正在思考这处较轻的伤势怎么会带来长期的痛苦，这时，门铃响了。他看了看钟，这个点对来访者来说太晚了，尤其是在这样一个雾蒙蒙的潮湿之夜。但是或许他们是来拜访房东太太玛莎·哈德森的。

过了一会儿，门外传来谨慎的敲门声，华生疲惫地叹了口气。他起身拿上手杖，一步一拐地走到门口，想要看清来人，而一杯香热的甜酒和温暖床上的安眠瞬间成为泡影。

哈德森太太站在门外，很小的手紧握在胸前，圆脸上仿佛就剩下一双蓝色的大眼。她充满歉意地小声说道："华生医生，这么晚打搅你真不好意思，不过你有几个访客。我是不是应该让他们走，早上再给你打电话？"

他很想说是的。经过漫长的一天，他已经筋疲力尽了。但是就在他做出决定之前，一个人影从走廊尽头的暗处冒了出来，伴着丝绸和缎子的"沙沙"摩擦声，推开了房东太太，说道："哈德森太太，你一定会让我们进来的。我相信华生医生见到我们，高兴都来不及。"

没有给哈德森太太任何辩解的机会，俄莱娜·蒙太古伯爵夫人大模大样地走进了宽敞通风的客厅，用手势示意她的同伴赶紧进来。犹豫了一会儿，他也进来了。华生打眼一瞧，是个和自己差不多高的男人，更匀称、强壮。他显然很拘谨，不停地转着手上的黑色、平顶斯泰森牛仔帽。

华生挺直了肩膀，吩咐哈德森太太离开，向这个男人伸出了手。这个家伙的握手强劲有力。

"霍华德先生，"俄莱娜说道，"这位是约翰·华生医生。华生医生，这是我的新朋友，托马斯·霍华德先生。"

霍华德点了点头，尽管彼此还不太了解，他很快注意到房间里的怪异。屋子的一个角落里摆着凳子和化学工作台，后窗的外侧上写着“V.R.”的字样——想必是维多利亚女王的缩写——像是弹孔排列而成。一叠信件被折叠刀牢牢地固定在壁炉上，旁边就是一个人头骨和一个放大镜。在对面的角落里的书架上放着一套武器：东方的波状刃短剑，斧子——甚至还有马掌和一个双颊凹陷、面容严厉的人头蜡像。

华生指了指沙发，让他俩坐下。尽管他对俄莱娜并无太多好感，但对她还是不乏基本的礼貌，“恐怕你们白跑了一趟，伯爵夫人。福尔摩斯刚巧出门了。”

“又出去解谜去了？”她调侃道。

“事实上，他是去了剧院。”

“剧院？”

“嗯，确切地说，是杂耍戏院。你们美国人说的‘杂耍’，霍华德先生，杂耍表演。”

“没想到福尔摩斯还对大众娱乐感兴趣。”俄莱娜说道。

“我也没料到，”华生并不否认，“但他确实在过去的这几周里遍访了伦敦的每一个杂耍戏院，好像他怎么也得不到足够的——”

话还没说完，他们就听见沿街“砰”的关门声和踩着十七阶的楼梯上二楼的声音。“我想你们今晚还是很走运的。”华生说道。不一会儿，门开了，站在门框里的正是夏洛克·福尔摩斯。

尽管他非常正式地身着白天穿的一套黑色礼服和裤子，但看上去仍然更像一个虚无缥缈的魂灵。他个头非常高——超过六英尺——消瘦得近乎枯槁。苍白的高额头上面梳着黑色的油光光的头发。一只长长的鹰钩鼻两侧，是两只非常犀利的灰色眼睛。他的两颊凹陷，嘴唇很薄，下巴方正。这是一张对世间万物都狂热探索的脸，一个对于无论看上去多么晦涩的东西，都要一心掌握的狂人。他就是书橱上那个人头蜡像的原型。

他盯着俄莱娜，脸上的表情难以捉摸。福尔摩斯的一生都在推理，不为社交礼仪的细节浪费任何时间。华生就经常将他视作机器而非人类，一个因为挑战而功成名就的人，一个极端鄙视无所事事的人。但此刻，据华生的观察，福尔摩斯对这位朋友显示了超乎寻常的关心——一种在他身上并不常见的欲望，对伯爵夫人的欲望。

福尔摩斯穿过屋子，握起俄莱娜的手，放在他的薄唇上，停留了相当长的时间。“伯爵夫人，”他温柔地说道，“我们已经很久没见了。”

她微笑着，为他的恭维感到很开心，“如果不是这位救我一命的勇敢绅士，我们恐怕此刻也不会相见。”

“救你一命？”华生问道。

福尔摩斯这次注意到了霍华德。

“是的，”俄莱娜说，“霍华德先生单枪匹马地击退了一群暴徒，他们正准备抢劫甚至杀了我。”

“那么我必须向您道谢了，先生。”福尔摩斯说着，和他握了握手。

霍华德显得有点尴尬，“她说得太夸张了，福尔摩斯先生。我只是‘劝服’了几个蟊贼，让他们知道命比珠宝重要。”

“不要听他的，福尔摩斯，”俄莱娜说，“他实在太谦虚了。”

“这从一方面体现了他是个真正的绅士，”福尔摩斯一边说，一边将自己的高顶黑色大礼帽挂在衣架上，往后捋了捋头发，“即使他是个生活在马背上的密苏里人，穿着定制的西服和手工皮靴，品味也不俗。”

霍华德盯着福尔摩斯，不确定他是被恭维还是被嘲弄了。

俄莱娜说：“不要被吓着了，霍华德先生。一见面就能对对方了如指掌，是福尔摩斯的独门技巧之一。福尔摩斯，告诉他你是怎么做到的。”

福尔摩斯示意他们坐到沙发上，自己则一屁股坐到炉边的椅子上，面对着“V.R.”的标记。“其实，霍华德先生，知道您是谁，从哪儿来是非常简单的。你不仅穿着明显美式裁剪的西服，而且说话也是典型的密苏里口音，这种口音的特点是所有的元音听起来都像是‘啊’——譬如，‘密苏拉’而不是‘密苏里’。因此， 我认为你是出生并且居住在密苏里，不过我的耳朵还有待训练辨别微妙的变音，以此确定更加具体的地域。”

“不用麻烦了，我来告诉你，”霍华德冷冷地说，“我来自科尔尼。”

俄莱娜猛地站了起来，叫道：“真的？我是堪萨斯人！难怪有缘遇到，我们原来是同乡！”她瞥了一眼福尔摩斯，“不好意思，请继续猜。”

“这可不是猜，伯爵夫人，”他纠正道，“这是基本推理。对于一个老道的观察者来说，每个人都是一本打开的书。有些人能读懂他们，有些人则不能。”他又将霍华德上下打量了一番。这个来自密苏里的人显然不喜欢被人观察。

“先生，我想你是个常在野外活动的人，”福尔摩斯还是开口了，“你那里非常炎热，你又经常骑马，而且，和许多同乡一样，你随身带枪，不过没有像你们通常那样放在腰间，既然你来到了英格兰，我想应该是放在了肩带枪套里。”

“他是不是很神奇？”俄莱娜高声喊道。

“神奇这个字眼可不准确，”霍华德咬牙切齿道，“好吧……你是如何知道的？”

“我刚告诉过你：观察而已。你的肤色告诉我，你很多时间是在户外度过的。你眼睛周围的斜纹说明你经常在太阳底下，不得不眯着眼睛，这同时又告诉我你的家乡天气很炎热。你皮靴上的高跟走远路会很不舒服，但正是为了踩马镫方便。”

“那肩带枪套呢？”

“霍华德先生，你的西装。尽管是定制的，但胸部很紧，证明你是做了这套西装之后，再装的枪套，”福尔摩斯顿了一下，然后说道，“或许你装枪套是因为你认为在大英帝国买枪和持枪是非法的？其实不是。我们只要到最近的邮局买个执照就行了。”

“你就是个大百科，是不是？”

“不是的，先生，你才是。譬如你的姓，源于古挪威语的‘哈瓦德’或者‘荷瓦德’，暗示了你的威尔士血统。你刚刚坐下的时候很小心，这说明你胸部或其他地方有旧疾，或许是在内战中负伤的？几年前是治好了的，不过遇到潮湿的天气，譬如今晚这样，就会复发。另外，你这些年由富变穷，如今又由穷变富。”

霍华德不快地看了一眼俄莱娜，像是在埋怨她不该带他来，让他成了某种巫术的牺牲品。

“那么，我这本打开的书里，”他挑衅道，“有没有说我是干什么的？”

“不，书里没说，但你的手说明了一切问题。我们刚刚握手的时候，你手上的老茧告诉我，你既不是银行家，也不是会计师。”

“那么我是？”

“富裕农场主？或者养牛场场主？”

霍华德锐利地盯着他：“你无所不知，是不是，先生？你说话的方式很奇怪，听起来既像是恭维，又像是侮辱，我实在不是很喜欢。”

“我毫无恶意。”福尔摩斯回答，像是丝毫没有察觉他的不悦。

华生觉出了两人之间的擦枪走火，于是快步走上前，想缓和下气氛，“霍华德先生，要不要来杯喝的？”

霍华德摇了摇头：“没这个必要，我还是告辞了。”

“噢，等等！我们都来了，”俄莱娜说，“至少如实告诉福尔摩斯你面临的问题。”

“他不必知道发生了——”

“胡说八道，”俄莱娜转过身，对着福尔摩斯说，“霍华德的弟弟失踪了，我希望你能帮忙找到他。”

“那可能不行，”福尔摩斯说道，“你肯定知道最近突然频发的珠宝盗窃案吧？”

“当然，我私下里认识很多受害者。事实上，我明天下午要为其中几位办一个聚会，希望借此能缓和一下大家的情绪。”

“我目前正在办这个案子，”福尔摩斯接茬道，“所以，我的时间有限。但是，听听你的故事，也毫无不妥，霍华德先生，你可以完全信赖华生医生，你尽管说吧。你的弟弟来到英格兰，然后消失了。那么，他来的目的是什么？”

霍华德很显然更加不自在了，“我觉得这不是什么好主意，你忙成这样，或许我——”

“噢，你快点告诉他，”俄莱娜催促道，“如果有人能帮上忙，那就只有福尔摩斯。”

“你弟弟来的目的是什么？”福尔摩斯重复了自己的问题。

“能有什么让一个人四处奔波呢？”霍华德含混地回答说，“机会——寻求更好生活的机会。”

“那么，他在密苏里没有找到这样的机会？”

“没。”

“他这么想的原因是什么？”

“哼。”

“所以他就来了英格兰。”

霍华德点了点头。

“他没去过临近的国家和周边地区寻找这样的机会？”

“没有。”

“那么，他一定是个胆大又有野心的人。他多大，霍华德先生？”

“二十左右。”

“你有他的地址吗？”

“没有。他刚说他会写信，只要……”他突然做了个不耐烦的手势，接着说道，“瞧，我对于他在哪儿，以及如何找到他毫无头绪。虽然你是个观察高手，我还是怀疑你也强不到哪儿去，福尔摩斯先生，我们到此为止，好吧？”

福尔摩斯端详着他，然后笑了，点了点头，“好的，不过，我建议你还是把你的……嗯，弟弟的详细资料送交苏格兰场，或者威廉·布斯的东伦敦基督教会，就在秀尔迪契地区。”

“我会这么做的，”霍华德站起身，“不好意思，浪费了你的时间。”

“我的时间从来不会被浪费的，先生。”福尔摩斯说着，也站了起来。

俄莱娜冲着霍华德皱了皱眉，“打住。我们别着急走。天马上就要亮了，或许，我们应该明天再接着讨论，这样我们头脑都会清楚点。福尔摩斯，明天请你务必参加我的午后茶会，你也是，华生。霍华德先生，你也会去的，是吧？”

“这个，我——”

“好，”她说道，打断了他的话，“就这样定了。”

霍华德站在门口冷冷地看着福尔摩斯，“最后一件事情。我现在明白你是如何得出推理结论的，但是关于我贫富的论断……我还是搞不懂。”

“非常简单，先生，”福尔摩斯说，“有钱的时候，你做了现在的这件西服。上面四颗纽扣中的倒数第二颗掉了的时候，你已经很穷了，所以你不得不用了个不一样的纽扣——而且从穿针走线的蹩脚程度来看，应该是你自己缝的。”

“那么又有钱了呢？”

“霍华德先生，事情本身很简单，”福尔摩斯露出了久违的笑容，“如果你不是又变得富有的话，也付不起来英格兰的船费了。”

第三章

偷猎者酒吧

偷猎者酒吧，位于伦敦池边咫尺之地，是一个有名的酒馆。布莱克雷特·林奇和他的三个同伴正坐在角落里一张满是刀痕的桌子边上，就着几缸麦芽啤酒自艾自怜。他们正在拿布莱克雷特沧桑的脸上一道道口子开涮：“怎么回事，布莱克雷特？那个老女人又让你不爽了？”——他看上去心情很糟。

在他们周围，其他的主顾们正沉浸于享乐，和他们反差巨大。他们围在桌子四周，正在玩打圆盘和“放拿”赌，或者坐在粗制滥造的长凳上，靠在酒吧的柜台上，喋喋不休的吹牛声和阵阵大笑声此起彼伏。偶尔还传来欢呼声，之后就听见含混不清的歌声。烟雾弥漫的空气里充斥着炸鱼、奶酪和酸黄瓜刺鼻的味道。

“我们呐，应该跟他拼了的。”艾尔菲说道，把他流着鼻涕的鼻子往袖子上蹭了一下。

“是啊，”欧理瑞很赞同，“我说，我越想，越觉得那个家伙是在吹牛。”

布莱克雷特把嘴里的卷烟拿了下来，说道：“哎！随你怎么想，但我觉得我们做的是对的，虚晃一枪没什么不好。”“不过，”他嘟囔道，“这确实是个挺糟心的事。”他摇了摇头，接着咬牙切齿地说：“我怎么没悄悄往那个杂种的肋骨上捅一刀。”

正说着呢，只见一个阴影投射在他身上，一个温和的声音飘了过来：“朋友，请你喝一杯。”

这美国口音让布莱克雷特一激灵，他忙不迭地在座位上扭过脸去，以为是那个用枪指着他们的人。结果，不是他，而是两个陌生人，穿着方格拉毛的麦基诺厚呢衣，扣子一路扣到了嗓子眼，说话的是一个面无表情的“扑克脸”，站在他左肩后方的是个深色头发的年轻人。

布莱克雷特刚悬着的心放了下来，但不禁思忖：又一个该死的美国人。今晚还真是走哪儿都遇到美国人。“你是哪位？”

“今晚早些时候，我听说过你的故事，只是很好奇，想洗耳恭听更多细节。”

布莱克雷特皱了下眉，惊讶于丑事传千里的速度。不过，他想起自己和他们仨从格林公园到卡伯街又到偷猎者酒吧，这一路上哀叹不幸命运的过程，就不足为奇了。

但是，这两个突然冒出来，说想要再听一遍故事的美国佬，究竟是谁？他们为何如此感兴趣？

“杰克，”刚说话的那位扭过肩膀说道，“去给我们的新朋友买上一巡酒。”

那个深色头发的什么杰克点了点头，去了吧台。

“扑克脸”找了张椅子，将它转过来，然后跨坐在上面，以便将胳膊放在椅背上。他是个大块头，肌肉发达，约摸三十岁左右，有些皱纹的额头上面一头乱蓬蓬的头发，眉毛很浓，有着一双淡褐色的眼睛和一只长长的鼻子。“我叫米盖亚·利吉特。”他说道。

“谢谢你。”布莱特雷特漫不经心地说。

“扑克脸”挤了个有点僵的笑容，并未在意地说：“我的朋友叫我凯奇。和我一起的小伙子，是我的兄弟，杰克。你是布莱克雷特·林奇吧？所以，我俩就算认识了，可以再讲下你们的故事了。”

布莱克雷特很乐意再讲一次，不过这个叫凯奇的家伙说话听起来像是命令，让他很不爽。“为什么要讲？”他问道，“你怎么这么有兴趣？是不是因为你的同伙，那个美国佬？”

“我得弄清他是不是我认识的那个人。”

杰克拿着一个托盘回来了。布莱克雷特和他的手下一人拿了一杯黑色的苦麦芽啤酒。杰克坐在他兄弟的旁边，不过他俩长得还真不像。凯奇身材高大，而杰克则是又矮又瘦小；凯奇长了两绺貌似自行车把手的翘八字胡，而杰克的胡子刮得干干净净。他们唯一相似的就是一双贼头贼脑的淡褐色眼睛。

“我这儿等着呢。”凯奇·利吉特说道。

布莱克雷特耸了耸肩，开始娓娓道来。他嘴里的那个持枪者听起来像是个恶霸，而他和同伙则成了受害者。最后，凯奇说：

“那个陌生人，他什么长相？”

布莱克雷特盯着他，“伙计，就凭这么一杯蹩脚的啤酒，想知道这么多，我还真是第一次遇到，如果这个人对你来说这么重要，你应该很高兴为此多破费一点吧？”

凯奇半闭着眼说话。“不要搞错了，布莱克雷特，”他低声警告道，“我们还是友善点为好。”

但是布莱克雷特无意向善。尽管同伴们并没说太多，但他今晚确实有点丢面子，正需要重新做人呢。于是他说：“我有个更妙的主意。要么你让我们的交谈物有所值，要么赶紧走人。”

凯奇遗憾地叹了口气，“很遗憾你这样想，朋友。我只好给你个教训了。”

“就凭你？”布莱克雷特怒气冲冲地说。

只听“咻”地一声，他拔出刀，抵在这个大块头美国佬的胸前，但是凯奇动作更快，猛地把一大杯啤酒泼在了布莱克雷特的脸上。布莱克雷特像瞎了一般，不得不挠着眼睛，往后一跌，摔倒在桌子上。

利用这个空当，凯奇磕掉了这个伦敦人手上的刀，然后一把将布莱克雷特的帽子扣到眼睛上。凯奇猛打了他的脑袋一拳，这一击让布莱克雷特摔了个四脚朝天。

这下其他所有的客人都来观战了。

斗殴在偷猎者酒吧可不是件新鲜事，而且观者众而帮者寡。两个人之间要是为了什么事情争执起来，最终免不了要用拳头或者刀锋解决。那些围观者基本都是袖手旁观。但这一次凯奇踢掉了椅子，正要近距离给受伤的对手致命一击，布莱克雷特的同伙们跳了起来，准备攻击这个美国人。

杰克很快掏出一把科尔特四五式手枪，把击铁扳到待发的位置。“离远点，你们这些家伙，”他警告道，“老实坐下，手放在桌上我能看见的地方。”

艾尔菲、欧理瑞和韦德洛克老大不情愿地服从了命令。

剩下这些的酒吧老主顾们立马给对垒者腾出了位置，凯奇轻快地往前迈了一步，铁了心要给他们演出好戏看看。待布莱克雷特手脚并用地爬了起来，凯奇飞起一脚，正踢中他的肋骨。布莱克雷特被踢得飞了起来，打了个滚，哼了几声。但出乎凯奇的预料，他很快发起了反攻。他抓住这个美国人皮靴的高跟和足尖部，狠狠拧了一下，凯奇失去了平衡，一下撞到了桌子上，桌椅顺势在木屑铺就的地板上一路飞奔。

布莱克雷特跳了起来，拼命地挥舞着拳头。凯奇挡住了他的攻击，好几次打中了布莱克雷特的脸。布莱克雷特摇摇晃晃往后退了几步，血从他的鼻子里喷涌而出。凯奇又冲了过来，拳头不停地落在布莱克雷特身上，打得他又退了好几步。

他绊倒在桌子上，挣扎着拿起一个酒瓶，“砰”地敲烂，挥舞着锋利的瓶口，向凯奇的脸上砍去。

凯奇往后一个趔趄，小心地看着他。旁观者都陷入沉默。凯奇扯下自己的呢衣，迅速缠在右手和前臂上。

布莱克雷特趁机向他的胸部刺去。人群立马尖叫了起来。凯奇猛地拉出呢衣，缠住了布莱克雷特拿刀的胳膊。他拽住衣服，一把往回一拉，布莱克雷特就此往前一倒，又中了一记左勾拳，骨头都要散架了。布莱克雷特的腿颤抖了几下，“砰”地倒地。

凯奇一脚踢飞了烂酒瓶，跪在布莱克雷特的身边，开始反复击打他的脸部。他一刻不停，一拳又一拳，狠狠地落在布莱克雷特的脸上，直到它被揍成了肉饼。

孤军奋战的布莱克雷特很快被揍得不省人事。习惯看到他耀武扬威的旁观者们此刻再次鸦雀无声。这次被揍的惨烈程度实在是前所未有，酒吧里响起了一阵无情的嘘声。

凯奇的铁拳终于停止，站起身俯视着布莱克雷特，他那健硕的肩膀随着呼吸上下起伏。他捡起了自己的外套，对艾尔菲、欧理瑞和韦德洛克说："先生们……赶紧领走……你们这位无畏的头领。"

艾尔菲低头看了看布莱克雷特，黄鼠狼似的脸上写满失望。先是持枪人，现在又是这个人。"算了，"他说道，擤着鼻涕，擦了擦鼻子。"他这个人再也不是我们的头儿了。"

"你们所有人都这样想？"凯奇问其他两位。

这三兄弟交换了眼色，然后一起点了点头。

"那么伙计们，趁这个垃圾还没腐烂发臭前，赶紧把他扔出去，然后尽快回来。"他转向他的兄弟，"杰克，给他们安排一下。我们有话要谈，从那个持枪者开始。"

"好的，头儿。"艾尔菲说道。

"我要听真相。" 凯奇警告道。他找到掉在地上的刀，捡了起来，看了看了螺纹牛角样式的刀柄，收起刀刃，放在了口袋里，"不准撒谎，不准吹牛。你们规规矩矩，我就对你们客客气气，都听到了？"

三只脑袋点得好似小鸡啄米。

第四章

跛脚的杂技高手

福尔摩斯通常都会睡到日上三竿或者更晚，但次日一早他被卧室门外一阵持续的敲门声给弄醒了。他起身开门，发现门外站的是华生，手里拿着一封黄色的电报。

“刚到的，我也不知道重不重要。”

福尔摩斯拿起信封，打开来，快速地浏览了一遍。不一会儿，他迅速返回自己的屋里，隔着刚关上的门说道：“华生，拿上你的外套，让哈德森太太马上叫辆出租车！我们去瑟比顿。”

“瑟比顿？”

福尔摩斯打开门，他往外看了一眼，“是的，发电报的是我的老朋友，苏格兰场的罗奇尔。我们那位珠宝大盗又犯案了，这次是在宾厄姆夫人家。”

趁福尔摩斯在进行洗面仪式的空当，华生拿上外套和门边衣架上挂着的手杖，匆匆下了楼。像往常一样，哈德森太太正忙于家务，所以他径直走了出去，从口袋深处掏出一个哨子放在嘴里，随即发出了巨大而急促的声响。一辆双轮双座的马车疾驰而来，华生正准备叫司机等下福尔摩斯，他已经翩然而至，洗漱完毕，衣冠楚楚，胡子刮得干干净净。“瑟比顿，威顿修道院。”他告诉司机，“如果你能只花平时一半的时间把我们送到那里，还有额外奖赏。”

司机觉得这既是个捞金的机会，也是个挑战，所以整辆马车好似奋勇的舰队横冲直撞。华生坐在里面前仰后合，他有些责备福尔摩斯拿生命冒险的行为。“难道，”他咕哝道，“真的就急成这个样子？罪案已经发生。除了寻找可能留下的线索，我们再做什么，也是晚了一步。”

“这恰恰是我们必须快点的原因，华生。罗奇尔是个让人起敬的家伙，是苏格兰场里数一数二的聪明人。不过，他已经并且正在破坏为数寥寥的线索。如果我们无法挽回，至少可以减少损失。”

他们一路沿着梅费尔广阔的高级住宅区飞奔，又经过了旺兹沃思工业区的煤气厂和啤酒厂，最后来到了著名的古集镇泰晤士河上的金士顿。晚上下了些雨，但此刻太阳开始穿透厚厚的云层，一切都如明信片般干净和清新。

从泰晤士河上的金士顿飞奔到瑟比顿风景如画的街道和草地，路程并不远，他们眼下正好能看见威顿修道院，那也是宾厄姆家的财产。

这是个占地很大的哥特式建筑，用大块的白色石头垒成，第一层全是长方形的长窗户，二层则是一排小一点的推拉窗。马车沿着街道拐上了一条碎石路，这时他们瞅见了路上有一辆黑色的马车，有平常运送犯人的警车或者刑车两倍大，旁边还停着另一辆马车。

没等他们的马车停稳，福尔摩斯从车里钻了出来，冲到了前门。华生让出租车司机在门口等着，然后一瘸一拐地爬上了前门的台阶，这时门正好开了，门口站着一位衣着整齐、管家模样的人。

还没等福尔摩斯开口介绍自己，管家身后一个威严的声音响起："没事的，德雷珀。进来吧，福尔摩斯先生。我知道你一定会来的。"

说话的人正是莫里斯·罗奇尔巡官，他个子很高，一头亚麻色的头发，穿着黑色的"人"字形呢西装，一条学院风的条纹领带。福尔摩斯礼貌地和他握了握手。和他的很多同辈人不同，罗奇尔有胆识、毅力和不错的智商。他身体前倾着，握手的时候，用的是一种独有的、类似捕猎者的方式。"这个家伙这次太过分，"他吐露道，"他偷了一条价值五千英镑的项链，我对于他究竟是怎么一步步做到的毫无头绪。"

"你命令手下搜了现场？"福尔摩斯问道。

"当然，先生。"

"那么立马让他们停下来。没有我的允许，不要搬动、检查或者查看任何现场的东西。"

罗奇尔扬了扬眉毛，"很好，先生，我这就吩咐下去。"

他离开了一会儿，回来后带着他们进了一间很大的客厅，宾厄姆夫人坐在沙发当中，她高挑苗条，一头花白的长鬈发，正轻拭着眼睛。

“夫人，夏洛克·福尔摩斯先生和华生医生来了。”他说道，“福尔摩斯从一开始就跟进这个案子，很友好地协助我们，为的是将这个小偷绳之以法。”

宾厄姆夫人站了起来，伸出指尖让他们握了一下，礼貌地点了点头。“太可怕了，”她说，“那条项链是我家传了两代的传家宝，有三条链子，上面串着各种尺寸和形状的黑色宝石——黑玉、缟玛瑙和碧玉。自从我先生去世以后，我就戴着它，以寄托哀思，这可能是传家宝的意义之所在。这是不可替代的。”她的声音变得有些悲恸，但她拼命地恢复了镇静。

“宾厄姆夫人，我和罗奇尔巡官，我俩一定会尽快将这条珍贵的项链物归原主的。”福尔摩斯回答道，“夫人，我能问您些问题吗？”

“当然可以。”

“您是什么时候发现项链不见的？”

“昨晚。我先生几个月前过世了，从那之后我就一直戴着它，以表哀思。我昨天没有出门，所以没必要戴。但是昨晚就寝的时候，我注意到它的盒子被挪了位置。”

“挪了？”福尔摩斯重复道。

“我喜欢井井有条，福尔摩斯先生，”宾厄姆夫人解释道，“每件东西都放在固定的位置，所以我立马注意到盒子被挪了，可能只是挪了一小下，然后我检查了盒子——”

“——项链不见了？”

“是的。”

“只丢了这一件吗？”

“是的。”

“也没有拿其他钱物的迹象？”

“没有。其他的每件东西都还是在原来的地方。”

“小偷没被您和仆人看到或者吓跑吧？”

“肯定没有。”

“我能问下您昨晚几点就寝的吗？”

“九点半，很确定，”宾厄姆夫人说道，“我之所以很清楚，是因为我上楼的时候，听到了大厅里座钟半点报时的钟声。”

“房子里一直有人？”

“当然。”

“罗奇尔，你已经问过了所有的工作人员？”

“那是自然，”巡官答道，“后门在厨房，仆人房正好能监视厨房，整个晚上侍酒师、管家、清洁工和夫人的女仆都待在房间里。没人能进入或者离开而不被发现。当晚也没有来访者。”

“也没有什么异常的事情发生，譬如分散注意力的事？”

“没有。”

“那么宾厄姆夫人，这些仆人——您信任他们吗？”

“绝对的。他们跟着我已经好些年了，福尔摩斯先生。他们的忠诚是毋庸置疑的。”

“了解，”福尔摩斯顿了一下，“夫人，我能检查一下您的卧室吗？”

“如果必须这样做的话，”她不太情愿地说道，“如果能有助于找到我的项链的话。”

“或许可以，”福尔摩斯微笑道，“巡官，能否带个路？”

他们礼貌地鞠了一躬，罗奇尔带着他们顺着一段宽阔的楼梯来到了宾厄姆夫人的卧室。房间在整栋房子的后方，宽敞又通风，能俯瞰庭园的风景。正如宾厄姆夫人说的那样，房里的所有东西确实摆放得井井有条。福尔摩斯首先来到了梳妆台前，掀开了一个纯银珠宝盒子的盖子，看了看里面。两层蓝色天鹅绒条纹的格子里，整齐地放着宾厄姆夫人的珠宝。只有一个格子是空的。他拿起盒子，凑到脸面前，闻了一闻。华生很熟悉福尔摩斯那颠覆传统，甚至显得古怪的办案方法，不过这时他也免不了皱了下眉。

福尔摩斯把盒子放回到梳妆台上，走到第一扇窗户边上。房间里共有两扇窗，都是推拉的，每个都有两件套的铜合扣加固。他先检查了下合扣，松开它，把窗户往上一抬，用细长的手指抓住窗台，上身探出窗外，然后环视着下方的露台和花园。有一栋用来点缀的、仿古堡的建筑，和一个柑橘温室，还有整齐的树木和灌木，一直延伸到位于田野尽头的小河。薄雾模糊了树梢。

福尔摩斯研究了一下窗台，然后扭转了一下身体，以便检查窗沿的外侧。不一会儿，他关上了窗，又对另一扇窗户做了同样的程序。最后，他点了点头。

接下来，他脱下外套，递给华生，然后毫不迟疑地爬上了窗台。

华生有点惊慌失措，“我说，老伙计，等一下，你究竟是在——"

福尔摩斯没有理他。他继续抓着窗框，挺直了腰站在玻璃外侧，似乎对他身处的危险毫不在乎。他伸长了脖子，瘦削的脸显得很严肃。华生关切地注视着，不安地想着一步不稳或者一阵阴风就会让福尔摩斯摔到下面的石板路上。

但是最终福尔摩斯平静地撤回了右手，闻了闻自己的手指，然后露出了不易察觉的笑容。接着他爬回了房间，从华生手上拿起他的外套。华生不以为然地摇了摇头。

"福尔摩斯，"他关切地说道，"毫无疑问，你的大胆有时真的让我很困惑。"

福尔摩斯脸上绽开了笑容，好像他听到的是句赞赏的话。"我想引用沃尔特·司各特的一句话，"他反驳道，"'懦夫难赢美人心。'我想现在我们已经找到了这个屋子里的所有证据。"他的同伴们面面相觑，摸不着头脑，他则大步走出了房间。

他们跟着他下了楼，穿过厨房，来到了后门。外面，所有的警察好奇地盯着他们。福尔摩斯转过身去，对着宅邸的后墙，然后快速地走到远处的墙根，一根镀了锌的铁制排水管一直通到上面的贮水箱和排水槽。他非常仔细地检查了排水管，似乎发现了什么极度感兴趣的东西，正用放大镜仔细地检查。他从口袋里拿出一把小折刀和一个信封，仔细地擦拭着正对眼睛下方的一个黑色小印迹。华生和罗奇尔看着他把这个印迹从排水管上擦了下来，是一片片柔软的黑色小碎片。

"这是什么？"巡官问道。

“如果有更细致的检查，我觉得这应该是高仿皮。”

“是条线索？”

“只是验证。”福尔摩斯说。

证据收集完毕，福尔摩斯将信封放到外套里面的口袋里，然后迈步穿过草地，向远处的树篱走去。华生和罗奇尔也好奇地快步跟上前去。他们赶上的时候，福尔摩斯已经到达河岸，正蹑手蹑脚地行走在灌木丛里。然后，他沿着河岸一路走，弯下腰，研究带着露水的草地。过了一会儿，他直起腰，向着草地歪着脑袋，像是在做某种计算。他凝视着浑浊的水，然后又垂视自己的腹部，他的脸几乎都要贴到地面了。

他们看着他以这种方式沿着河岸走了好几分钟，然后再次直起腰，又一次脱下了外套，卷起袖子，从他背心的口袋里掏出一个卷尺。他两只手的大拇指和食指捏着卷尺，突然将两只胳膊插到冷水里，水淹到了他的肘部。很快地，他将两只胳膊拿了出来，然后仔细地端详着滴水的卷尺，然后点了点头。

最后他站了起来，用手绢把身上的水擦干。“颇具价值。”他评论道。

“你发现了什么？”罗奇尔说道。

“几乎所有的事，巡官。”

“什么？”

“有两个小偷，”福尔摩斯说，“乘着划艇来的。从他们上岸时在泥土上留下的凹印就可以看出，这是只船板塔接式的很简陋的小船。就在那里，他们将一根麻绳系在远处的灌木上给船加速，”他手指向远处，“其中一个是个大块头，可能有十五英石[1]。另一个是个小个子，接近七英石，走路有点跛。有点跛，华生。”他补充了一句，像是这一点很重要。

“你是怎么知道的呢？”罗奇尔问。

“通过丈量他们上岸时候，船头陷到泥土里的厚度，我计算出他们加起来的体重应该是二十到二十二英石之间。他们上岸后留下的脚印显示，一个比另一个重了很多——他脚印的深度接近同伴的两倍。至于有点跛，看这里。你能看出这一步迈得不稳吗？左脚从没跟上右脚，只是勉强赶上。”

华生和巡官凑近仔细端详了一下，一切正如福尔摩斯所说。而此时的福尔摩斯也不再需要任何凡夫俗子的赞誉之词，他转过身朝河岸走去。“重的那个家伙待在这儿，”他继续分析，“在船上，小个子则独自去了屋里。他爬上了排水管，然后——”

“等会儿，福尔摩斯先生，”罗奇尔说，“你是在说一个拖着一条残腿的小个子顺着排水管一路攀爬，爬得还像昨晚的雾一样滑溜？”

“毋庸置疑，巡官先生，除非我犯了严重的错误，而我敢打包票我是不可能犯错的，我从那根管子上提取的高仿皮样品可以在任何软底芭蕾舞鞋上找到。我能接着说吗？”

“请说。”

“这个贼爬上了排水管，抓住了那里的排水槽，就在高悬的石板底座正下方，然后又将脚趾放在水泥砖的凹槽和空穴里，一路向上，爬到了宾厄姆夫人的窗边。他伏在窗沿，用一把小折

① 1英石=6.35公斤。

刀——肯定不是一把宽刃的刀——撬开了窗钩。如果你靠近点看第二个窗户上的这个铜合扣，你就会发现一些细小的划痕，显然是将刀从窗户的上下两扇中间塞进来，然后用刀刃划的。一进入房间，他就拿了想要的东西；然后，又用刀将窗钩恢复了原位，用同样的方法离开。”

华生和罗奇尔正在研究这栋住宅。“我不是想质疑你的判断，福尔摩斯先生，”巡官说道，“但是……你知道，如果有人干这样危险的事，一定是稀罕之人或者是个极度贪婪的人。”

“我认为他是少有之人，”福尔摩斯说，并迅速地穿上他的外套，“无论如何，事情就是这样的。仔细检查一下排水管，你会发现从底座往上有好几处约五英尺[①]的划痕。我相信，为了抓牢，他特地戴了皮手套，而这些划痕就是手套上的搭扣弄的。完成了对于高仿皮的检查，我想它应该类似生产芭蕾舞鞋所用的一种材料。最后，如果你检查一下我们之前说的排水槽，就能找到一些碳酸镁，一种简单的攀爬用石灰，我们这位大盗爬上爬下时用它来保持手掌干燥。它还散发出一种特别的类似丁香的味道。可能是添加了丁香，据说它有镇静的作用。”

他突然沉默了下来。然后，几乎是自言自语道：“一个跛子！这真是今天早上最有成效的发现。”

“但这个发现能帮助我们逮到这个人吗？”

“老实说，巡官，‘这个人’，按你的说法，是无足轻重的。他偷窃不是为了自己，他是在服从命令。这使得他只是整条

① 1英尺=0.3048米。

链子中的一个环节。”他真诚地看了这位高个巡官一眼，“请告知夫人，我们今天取得了重大进展，除非项链重回夫人怀抱，否则我是不会停下脚步的。华生，出发，我们还有工作要做。我简直不能相信自己是如此盲目，我再也不会因为盲目而浪费时间了。”

巡官和华生还没缓过神，福尔摩斯已经走了。

福尔摩斯看上去充满干劲，华生费了好大劲才赶上他，两人走到一直等着的马车那里。“福尔摩斯，现在去哪儿？”他问道。

福尔摩斯瞥了一眼，像是说答案应该是显而易见的，“当然是塔维斯托克街，去《年代邮报》的办公室，我的老伙计。”

华生皱了皱眉毛，“就那个戏剧小报？”

“演员的圣经。”福尔摩斯纠正道。

“那么，你是想要在那找到什么？”

“当然是我们的这位大盗。”

“不好意思，福尔摩斯，我还是不懂。”

“那么让我来给你解释下，到目前为止，我们知道四起抢劫案。每起案子都是瞄准某位太太的房间，对里面的某一件珠宝下手。达灵顿-怀特夫人丢了她珍贵的泪滴耳环。这个案子里，我们的大盗爬上了一棵树，借助高处的一根树枝，爬上了屋顶。然后将绳子倒挂在最近的一根烟囱管道上，一路爬了下去，这样得以进入夫人的房间。在奥尔科特男爵夫人的案子里，她丢了一条黄金镶钻吊坠项链。我推断他是顺着爬满正面墙的常春藤，从一扇敞开通风的窗户里爬了进去。至于布罗顿伯爵夫人的珍珠手镯案，他的路线更显而易见，当时修葺屋子防雨板的修理工留下了一个梯子，他就正好利用了这个梯子。从这些线索中，你能推断出什么？”

“说明我们的这位大盗足智多谋，”华生说道，“有着钢铁般的意志和敢于攀登的勇气？”

“那么什么样的人才能表演这样的绝技，而且险处逢生？”

华生仔细地思考了一下，然后耸了耸肩，他被难住了。

“我来告诉你，亲爱的华生。我们要抓的那个人，他是一个高空杂技演员，习惯了高空和攀爬，有着超乎寻常的平衡感和胆量。他就是我这些天以来一直寻找的人。”

华生终于有些明白了。“那你突然想去杂耍戏院，是……”他开始询问道。

“当然，华生。你知道我们这个大都市里有多少家杂耍戏院吗？将近八十家。绝大部分都是又脏又破的电影院，那些三流滑稽演员、杂耍演员、歌手和吞火表演者川流其间。我忍受着单调乏味的表演，一直坚持到结束，观察这些高空杂技演员和体操杂技演员，就是想要找到这位大盗。当然，我现在意识到自己一直在浪费时间。我仍然坚信我们的这位大盗身怀绝技，不过很显然，他已经不再表演了。”

“因为跛了？”

“正是。所以我们的调查要重新聚焦。我们目前找的，是一个出了事故的表演者，左腿摔伤。这显然不会对他攀岩走壁造成影响，但肯定已经毁掉了他的工作。因为哪个观众能忍受表演者一瘸一拐地爬上舞台？”

“所以，他就是我们要找到的那个人，这样我们才能进一步挖掘幕后真凶？”

“这是一方面，但还有另一个原因。我有些同情这个人，他是个绝对诚实的人。我不能对他被抓入大牢不闻不问，那样只会在他的伤口上撒盐。”

华生很疑惑，“我又不懂了，福尔摩斯。请问一个小偷怎么可能绝对诚实呢？”

“好好想想。每个案子里，他都只偷一件珠宝，仅此而已。一个不那么诚实的人绝对还会为自己拿几样的。这个人就没有。”

“就因为这个，你认为他能改过自新？”

“不要妄断别人，以免自己遭人妄断。”福尔摩斯说道，“《马太福音》，第七章第一条。”

他们爬上了来时的马车。福尔摩斯看了看表，“我们还有一整天的时间。首先，我们要去考文特花园找家咖啡店，喝点东西提提神。然后，我们要花上一个小时左右的时间去翻阅《年代邮报》的档案。不要忘了俄莱娜伯爵夫人邀请的下午茶。”

“好像我会忘似的。”华生有些阴郁地回答道。

福尔摩斯暗自露出了久违的笑容，“老伙计，有点精神。我想比起类似的社交场合，这个应该有意思多了。”

第五章

茶歇会

俄莱娜·蒙太古不停地看着镀锌钟，朝弓形窗的外面张望，远处有一条砂砾路，正对着屋子。刚过1点，除了一个客人以外，所有人都到齐了，此刻正坐在雅致的图书室里，喝着茶，吃着精心制作、玉指大小的三明治，谈论着热门的话题。其中有个《伦敦新闻画报》的摄影记者，负责为社会新闻版记录这次聚会，此刻，他正在做着记录，每个词都不放过，尤其是八卦部分。

这天天气起初很阴沉，幸好最后还是放晴了，但俄莱娜还是高兴不起来。前一夜，她将托马斯·霍华德送回了住处，那是位于豪恩德斯迪奇的一家简陋家庭旅社。在门口，他对她带自己去见夏洛克·福尔摩斯的好意表示感谢，同时说，如果他的行为看上去有些粗鲁和忘恩负义，他表示歉意。

“夫人，还是让我自己来处理这件事吧，”他最后说，“实话告诉您，我觉得福尔摩斯实在不招人喜欢。”

“请别这样，”她说道，“要道歉的人是我，不问你的意愿，就一路把你拽到那儿。我只是想帮上点忙，现在也还是很想帮你。我想福尔摩斯是唯一能找到你弟弟的人。你或许不喜欢他，但他确实是个不同凡响的人。”

“或许是吧。不过，我就是不想与他同处一室，夫人。”

“那么我们别再谈这个了。我们也不要再叫‘先生’‘夫人’了。我是俄莱娜，你就叫我俄莉好了。如果你同意的话，我就叫你托马斯。”

“只要您乐意，夫——，我是说，俄莉。”

“当然，我还有另外一个建议。你的这个旅馆实在是有些脏乱，对你这样的绅士来说太委屈了，为什么不到我的蒙太古庄园来？你想待到什么时候都行，而且作息自由。”

他毫无此意，这一点很明确地写在了脸上，“谢谢您的好意，不过——”

“去吧，托马斯，你肯定不会想待在这个地方。”

“夫人，您真的是极其慷慨，但是我不能接受。而且，您将我这样一个流浪汉带回家，您的丈夫也会因此而不悦的。”

“我丈夫已经死了。”她漠然地说道。

“对不起。”

“不用。他死了有一年半了。就是一个愚蠢的事故，本来可以轻易避免的。”

有些犹豫不决的他，在雾中端详着她。他所住的伦敦东区边缘，正是目前应该待的地方。但是想到能享受舒适，还有美人相伴，尤其是像伯爵夫人这样的性感美人，还是很具诱惑力的。于是他做出了决定，俄莱娜看见他眼中透出不羁的趣味，不禁微微颤动了一下。“好吧，”他最后说，“我接受你慷慨的邀请。”

“那就说定了，”她面露喜色，“收拾下你的行李，明天我会让普雷斯科特来接你的，中午如何？”

“好的。”他很确定地说。

但是，现在距离当时已经过去了十二个小时，她又一次抬眼看了看钟。他在想托马斯·霍华德不会是改主意了吧，否则他和普雷斯科特现在应该到了。是什么让他耽搁了呢？

“嗯，打搅了，夫人。”

她转过脸去，说话的是那位《伦敦新闻画报》的记者，他几乎要贴到她的肩膀了，“普雷德加斯特先生，您有什么事？”

“我能否问您几个问题？”

“嗯，现在恐怕不行，我正在等一个非常重要的客人。”

“如您所愿。”

这个聚会和其它类似的场合一样，就是件令人生厌的事。尽管她很用心地想要成为伦敦上流社会的一分子，但她从未真正融入其中。她的宾客们也从来没有试着让她感觉自己并非局外人。当然，他们也会按规矩行事，假装很欢迎她，尤其是她丈夫在世的时候。他们不想得罪伯爵大人，他可是比他们所有人加起来还要富有。但自从他死了以后，一些龌龊的流言开始散布。他们不得不假装还留有一丝文明，但她从他们的眼中只看到鄙视、怀疑、妒忌和极度想要看她丢脸的欲望。

她觉得应该让他们知道厉害。她故意打破每一条成规，就是要让他们吓掉下巴，瞪大眼睛，她做得比想的还要成功。她骑马的时候，会像个男人似的，穿着短裤和皮靴，叉开腿跨骑着，而不是很淑女地双腿同侧坐在马鞍上。她抽烟、喝酒，偶尔还会说脏话。因为她继承了丈夫的遗产，他们不得不默默忍受她这些个令人瞠目的行为，因为他们知道如果不这样做，她就会让她的律师阿希礼·丹弗斯·科尔，用尽一切手段，毁掉他们的前程。

不过，今天他们有别的兴趣点。大家都听到传闻，说宾厄姆夫人昨晚被抢了，这是她的宾客们谈论的焦点。俄莱娜坦承自己前晚也差点被抢了，斯宾塞夫人宣称自己已经不懂这个世界究竟是怎么了。

“我想我们还是对这些罪犯们太心慈手软了，”她接着说道，“事实上，我认为内政部应该认真考虑重启殖民地流放政策。”

此话一出，从者甚多。“我说，应该恢复足枷、颈手枷和鞭刑。”维克多·兰登说道，胖胖的他是一位知名土木工程师，“还应该让劳役更加严酷。惩罚，越严酷越好，这是这些犯人们唯一能听懂的语言。”

“听着，听着！”

俄莱娜实在忍受不了，借故离开，穿过大厅到了前门，客人们的马车全部都停在那条砂砾路上，路一直通往院墙和围墙门，这些墙和门将蒙太古庄园和里奇蒙德分隔开。蒙太古庄园是栋有着五百年历史的宅邸，建在泰晤士河青草覆盖的堤岸上，里面的雄伟壮观是毋庸置疑的。中央有个方形的凉亭，有三层楼高，以意大利样式建造，两端各有一个方形的观景塔。她打开门，希冀着能看见她那布鲁厄姆式马车的身影，但是一点影子也见不着，她的微笑转瞬即逝。

“没事吧？夫人。”

她正准备转过身，回答管家的问题，这时她感觉到了门外砂砾路的尽头传来的动静。过了一会儿，那辆红黑色的布鲁厄姆式马车映入眼帘，她差点咯咯地笑出声。她本该料到的！马车来了……托马斯·霍华德来了！坐在高高的位置上，挎着一把猎枪，就在普雷斯科特的身边。

“是的，福特汉姆，”她对管家说道，“谢谢！”

她迈步走到台阶上，迎接马车的到来。普雷斯科特像是花了漫长的时间，才停住马车。霍华德还是昨晚的打扮，跳下马车，看着宅邸，轻轻地吹了一声口哨。

“你确定我们的地址没弄错，普雷斯科特？”他问马夫。俄莱娜笑道：“有一件事很确定，那就是我们现在不是在堪萨斯。”

说完，俄莱娜又笑了，这次她伸出手去，“你迟到了，托马斯。有事情？”

他耸了下肩，“日出的时候，我决定听从福尔摩斯这个家伙的建议，去拜访了他说的基督教会，但他们不愿意帮我。不过，我在那里的码头转了转，一下忘了时间。我回去的时候，你的马夫正在等我呢。”

“不管怎样，你现在到了，”她说，“这是最重要的。福特汉姆，有劳你把霍华德先生的行李拿到莎莉今早准备的客房。”

“好的，夫人。”

俄莱娜兴奋地挽着他的胳膊，霍华德从她的笑容里察觉出，要不了多久，他就不用独守空房了，当然这或许只是他一厢情愿的幻想。

“来，见见我的客人们，”她说着领他进了房间，“我知道他们都非常想见你。”

他们走进了高高的开阔前厅，霍华德不由停住了脚步，目不转睛地看着周围。那白色的墙壁上挂满了肖像画和湿壁画，大理石的地面上摆放着罗马式底座支撑的精致半身像。对于他而言，这个大厅更像是一个博物馆，而非住所。

“怎么了？”俄莱娜问道。

他咧嘴笑了下，“正在想一个堪萨斯的女孩是怎么做到这些的。”

“她需要一些运气，”俄莱娜说，“当然，他父亲的酒店里住着一位如假包换、不会伤人的伯爵。”

“我还不知道堪萨斯还有什么如假包换的伯爵。”

“没有，不会再有了。”

“一个英国伯爵到那儿做什么呢？”

“猎捕水牛。我们本不会遇到，不过他的一个随从不巧击中了自己的腿，而最近的医院在堪萨斯城，离我们的酒店有好几个街区，于是……”

“于是你就有机会遇到他？”

“是他有机会遇上我。”俄莱娜微笑着说。

“为什么我感觉他根本不是你的对手？”

她放声大笑，之前所有的疑虑烟消云散，“系好领带，托马斯·霍华德。你即将结识英国上流社会的精英，我希望你能表现出最好的一面。”

他被领进图书室的时候，有些不太自然地扫视了一下四周。橡木镶嵌的房间里，陈列着安妮女王风格的家具，书架上摆的全是无价的大部头书，透过法式的窗户，能够眺望到一大片草坪，那是梯状草坪，缓缓地向河边倾斜下去。

俄莱娜的这些绅士宾客们纷纷站了起来，和霍华德握手致意。女士们则待在原地，他礼貌地颔首，轻轻地亲了亲她们的指尖。俄莱娜意识到他正在努力表现得彬彬有礼，按规矩行事，正像她此刻所做的那样，于是赞赏地笑了笑。但是很快，他就厌烦了成为关注的焦点。他感觉自己仅仅是他们好奇的对象，被这些贵族先生和贵妇人们仔细审视，正如夏洛克·福尔摩斯昨晚所做的那样。

仆人给他递了一杯咖啡，但他被一个又一个老生常谈的问题所扰，心情越来越差。最后，他深感厌烦，透过法式窗户，望着整齐的绿茵和成排的树木，恨不能马上飞出去，呼吸新鲜空气，躲开这些令人厌恶的铜臭味和夹杂着古龙香水、女士香水散发出的恶臭味。

一位挂着珠宝、身形臃肿的女士问他在密苏里干什么。据俄莱娜介绍，她是一位什么夫人，见鬼，他已经忘了她的尊姓大名。

“他是个牛仔，埃尔斯佩思。”俄莱娜自然地接过话茬。

查特菲尔德夫人精心描过的眉毛抬成了“V”型，“哦，你可是他们说的偷牛贼？”

“埃尔斯佩思！”她身边的一个女人叫道，“真丢脸。你还真的看过了那些可怕的东西，叫什么来着？”

“廉价惊险小说，亲爱的。”她满脸络腮胡的丈夫说道。

“我没读过，黛芙妮，”埃尔斯佩思急忙说，“但我承认，我那天在仆人的房间发现一本，只是打眼扫了一下。非常刺激，”看到她先生眼中的不满，她赶忙说道，“当然是很恶心的那种。”

“关于你的问题，埃尔斯佩思，”俄莱娜说，“不，霍华德才不是偷牛贼。”

“偷别人的牛可是项上之罪，夫人。”他解释道。

“项上之罪？”

“就是绞刑，夫人。”为了防止自己没说清楚，他模仿着绞刑的情形，鼓起眼睛，伸出舌头，发出呻吟声，虚拟出绞拧绳子的样子。

这立马达到了理想的效果。查特菲尔德夫人和同伴原本很赞同对罪犯施以酷刑，但那些刑罚可能的恶心面目让他们有些畏缩。

“噢，天呐，那偷牛贼都偷什么呢？”埃尔斯佩思问道，“非常抱歉，霍华德先生，我一点概念都没有——”

“没关系，夫人。我知道您并非持棒驱羊。”

“持什么？”

“想要惹恼我，拧下我的尾巴，得到我这只‘愤怒的羊’[①]？”

---

① 美俚语，意为惹恼某人。

“啊？不，当然不是，我从没碰过羊尾巴，别说拧了。”

“不好意思，告辞下，”俄莱娜插话道，“我们必须去见其他客人了。”

他们离开了，她脸上挂着一贯的笑容，说道：“谢天谢地！我不用经常面对这些假模假式的白痴。我都快要无聊死了。”

霍华德一脸阴沉，“我就搞不懂为什么这些家伙说着同一种语言，却压根不能相互理解。”他突然停下脚步，对着一个大胡子男人点了点头，这个男人正拿着一个速写本，奋笔疾书。

“那家伙是谁？”

“他是《伦敦新闻画报》的素描家，负责为社会新闻板块报道这次盛会。”

“他一直盯着我。”

“或许他是在画你。”

“最好别！”他生气地说道。

她抬眼看了看他，惊讶于他的反应。“别告诉我，你跟印第安人似的，”她故作轻松地说，“他们相信如果被别人照了相，或者画了画，就会连灵魂都被带走了。”

“不是，”他小声说道，突然从她身边挣脱，“听着，我现在就去让那个家伙停下来。”

她皱了皱眉，对他这个突然的举动很是警觉，“你不是生气了吧？”她问道，“我是说，断定你不是偷牛贼的那些话。”

但这个时候他连幽默感都没了。一句话没说，他大踏步走到这位素描家身边，猛地夺过他手上的本子，丝毫不顾艺术家吃惊的神情，把本子转过来，扫视着他一直全神贯注的杰作。看到和自己极其相似的素描，他抿了抿嘴。

“这个我拿了，”他轻轻地说，素描家惊讶地张了张嘴，还没反应过来，他从本子上撕下了素描，一只手将它揉成了一团，然后随手揣到了外套口袋里。

“可是……可是……”素描家似乎说不出别的话。

“不要再画我，先生，”霍华德警告道，“我不喜欢。”

他们四目以对，素描家浅褐色的眼睛里流露出疑惑和恐惧。霍华德身上的某些东西让他觉得可怕，所以当霍华德身后的一个声音响起，他如释重负。

“你好，霍华德！”

霍华德迅速地扫视四周，“什么事？”他不耐烦地说。

维克多·兰登显然没有觉察出霍华德糟糕的心情。他愉快地说道：“他们说你来自美国，密苏里！我去年在那儿待过一段时间，出差来着。看了当地人拿一根拴马的绳索表演的最神奇的把戏。先生，你能用根绳子表演一下吗？”

霍华德耸了耸肩，觉得应该在茶歇会结束前，搞定这个素描家。“我想应该可以，”他同意了，“但我没带缰绳，因为没有使用的必要。”

“你肯定能找到一根吧，俄莱娜？”查特菲尔德夫人说道。

大家纷纷要求霍华德表演绝技，俄莱娜于是派福特汉姆去找绳子。他很快带着一卷晾衣绳回来了，“夫人，这恐怕是我能找到的最适合的了。”

霍华德拿过绳子，掂了掂重量，感觉了一下，然后说道：“最好在室外弄。”

俄莱娜有些激动，拍了拍手，喊道："大家都出去！霍华德先生要让我们大开眼界啦。"

她打开了法式的落地窗户，和霍华德走了出去。大家都跟着他们，来到一个宽阔的铺地露台，从那可以俯视这些传统英国式的花园。修葺整齐的草坪和玫瑰花园四周是春天里花朵绽放的树丛，有楞树、桦树、山毛榉、无毛榆，这些树在草地中央一棵巨大橡树的映衬下，显得很矮小。远处是山楂、黑刺李和冬青组成的灌木，正好掩映在花园古老的红砖围墙下面。

露台有一个低矮的围墙，压顶石上摆放着赤陶的小花盆，里面分别种着孤挺花、栀子花、福禄考和其它一些春季开的花。霍华德一边走，一遍迅速地在绳子上弄了一个小孔，然后将绳子一端从中间穿了过去，盘成了一个直径约五英尺的圈。

观众们都聚拢了，他将绳圈放在脚边。他开始旋转绳子的时候，观众都屏住了呼吸，慢慢地绳子开始上升，直到离地好几英寸，旋转的速度更快了。大家纷纷鼓掌，但这其实不是神奇的把戏，这只是前戏。

不一会儿，他单脚跳进了绳圈里，迅速地一会儿松左手，一会儿松右手，左右交替，绳子不停地飞速旋转。绳圈飞得更高了，先是到他的膝盖，然后到了腰部、肩膀，最后高高地超过了头顶。绳圈像一只训练有素的蛇，围绕着他旋转，周围的观众们都赞叹地倒抽了一口气。

在他的控制下，绳圈开始顺着他的头、肩膀、腰和腿肚子一路旋转着落下来。他一手转着绳圈，迈出圈外，然后又迈进了圈里。如此这般，他重复了好几遍，看起来好像跳绳。观众中又一次迸发出掌声。

他继续表演，乐在其中。他将放在左手的绳圈垂下约三英尺。他的观众露出了期待的目光。然后，他突然拧了下腕部，绳子的底端迅速地飞到胳膊上，组成了一个圈。同时，他猛地拽了下绳眼，抓住了绳圈。他抖掉胳膊上的那部分绳子，绳子落下来，形成了一个完美的类似椒盐饼的麻花状。

热烈的掌声再次响起。霍华德又重复了一遍刚刚的动作，让最后的三英尺绳子从左手垂下。他猛地转了下手腕，抓住了绳眼那端的绳子，不过这一次，他把它抖成了一个近乎完美的阿拉伯数字“8”的形状。

“太棒了！”

“漂亮，先生！”

他又一次抖开绳子，开始垂直地旋转它。女人们都好奇地探出了头。男人们则若有所思地摸着自己的络腮胡子。霍华德侧着脸，单脚跳进绳圈，两秒钟之后又跳了出来。他又重复了两次这样的把戏，然后带起绳子，绳圈直接在他头顶旋转了起来。

观众们再次陷入寂静。现在唯一的声音就是绳子在空气中发出的“嗖嗖”声，绳子所经之处都被转成了真空。最后，他抛出了绳圈，绳圈径直朝俄莱娜的头部飞去，她的胳膊只好放在两侧，不能动弹。目睹这一幕，大家都倒抽了一口气。缓过神来，大家围在他们身边，不停地鼓掌，霍华德开始慢慢地将她拉到自己身边，手牵着手。俄莱娜对大家的欢呼微微示意，走向他，笑得像个小女孩。

她以为快要碰到他的时候，他会停下来，但是他没有。他不停地将她拉近，直到他们几乎脸对着脸，就要贴到一起了。他俩此刻看起来非常亲密，这使得观众的掌声有些迟疑，突然气氛变得很不自在。

“最好在他们误会之前，放开我。”她微笑着轻声说道。

“或许不是误会。”他狡黠地眨了眨眼。

他一下移开了绳圈，然后转过身，鞠了个躬。观众中立马恢复了之前的好气氛。

“再来一个……再来一个……再来！”

看到自己如此受欢迎，霍华德将绳子扔到一边，解开外套的纽扣，突然掏出他那两把象牙柄的六发左轮手枪。

草坪四周陷入紧张的寂静。连俄莱娜的微笑都开始僵硬了。

“你们所有人，”霍华德说，“都靠后点。”

大家都服从了命令。

霍华德开始在护弓处转起自己的枪。它们先是一个方向旋转，之后又换了一个方向旋转，几乎要闪花了观众的眼。然后，他开始轻轻地将枪抛过肩膀，又掷到腋下，观众立马发出赞赏的鼓掌声和惊叹声。两把枪水平旋转，然后又悬在半空，被他演绎得出神入化。他抓住了枪管，又一次旋转它们，还没等大家看清，枪就服服帖帖地回到了枪套里。

他在观众的一片赞赏声中，随意地挥了挥手，双腿伸直，膝盖微弯。一支枪以迅雷不及掩耳之势出现在他的右手，随即发出了“砰”的一声，打破了这个下午的些许凉意。只见一个低矮压顶石上的花盆炸开了花，赤陶土和泥巴四处飞溅。霍华德的观众们从没见过这阵势，都疯狂了。他们拼命鼓掌、欢呼，与此同时，他迅速地又开了三枪，附近的花盆都以壮烈的姿态粉身碎骨。

没等大家反应过来，枪又被收回到了枪套里。他立即掏出了另一把枪，又三声枪响响彻了这个下午。三朵花都被打炸了。

“太漂亮了，霍华德！”兰登喊道。

霍华德咧嘴笑了笑，觉得自己终于被这些个游手好闲的富人们所接纳。于是，他瞄准了第四朵花。

但就在他准备叩响扳机的时候，传来了另一声枪响，第四朵花随即香消玉殒。霍华德转了个身，眼睛耷拉着，好似一只困兽。

法式窗前站着福尔摩斯和华生，他们显然刚到……福尔摩斯右手拿着一把正在冒烟的左轮手枪。

第六章

嫉妒

大家僵持了很长时间。俄莱娜打破了沉默，疾步走到屋子跟前，欢迎刚到的客人。“福尔摩斯！我刚刚还在想你什么时候才会现身呢。”她叫道。

就在她走来的当口儿，福尔摩斯手里的枪绕着护弓迅速地旋转了一圈，他将枪交还给了华生，说道：“给你，华生，非常感谢你的佩枪。”

华生接过枪，不满地看了他一眼。但是福尔摩斯眼里只有俄莱娜，此时他正将她的玉手放到自己的唇边。最后，他锐利的眼光落在了同样锐利的霍华德身上，他点了点头，以示敬意。

“向你致意，先生，你还真是个神枪手。”

“你手也不生，”霍华德说道，他手里还握着枪，慢慢地走近福尔摩斯，“听我弟弟说，你们英国人不喜欢荷枪实弹地到处晃悠。不过你看你，都准备去捕猎了。”

“我们只是需要的场合才全副武装。”华生说。

“譬如茶歇会？”

“当然不是。不过福尔摩斯叫我带上我的左轮手枪，我带了。如果他当时告诉我这只是为了表演，我会重新考虑的。武器也应该获得尊重。”

霍华德指了指手枪，“不介意吧？”

华生还没发表不同看法，霍华德抢过了枪，饶有兴趣地端详了一番，“从没见过这样的枪。”

“这是威百利Mk II手枪。”华生有些拘谨地说。

霍华德掂了掂它的重量，握了握枪柄，找了下感觉，然后旋转了一下，开了一枪。在梯状草坪的另一侧，又一朵花被击中了，花瓣像小雨点似的四处飞溅。

福尔摩斯脸上露出了淡淡的嘲笑，“不介意吧，霍华德先生？”

霍华德迟疑了一下，然后拔出了一把他的科尔特手枪，手指套住护弓转了一下，递给了福尔摩斯。福尔摩斯接了过来，说道：“啊，是科尔特先生著名的和平捍卫者手枪。”

“你对自己的武器很了如指掌嘛，看我的。”

福尔摩斯晃到一边，敏捷地伸直胳膊，扣动了扳机。枪管子里火光闪过，又一朵花炸开了。

观众们再次鼓掌，只有俄莱娜感觉到了两个男人之间剑拔弩张的紧张气氛。她迅速地走到两人中间：“在你们毁了我所有的花儿之前，先生们，我们能停下比赛不？”

“外交斡旋，”福尔摩斯说，“但我是不会接受的。毫无疑问，如果可以选的话，霍华德先生会让他的枪声一直回荡在我耳边。”

“又来了，”霍华德气愤地说，“说是赞赏的话，其实是朝我脸上吐口水。”

俄莱娜挤出了个笑容，转向她的宾客们。“表演结束了，女士们，先生们。天好像又要乌云密布了，我们还是回到屋里，享受一下茶点吧。”

这个下午接下来的时间里，霍华德与福尔摩斯和华生两人保持了安全距离。但是他私下里密切注意着他俩的行踪，不给他们再次让他惊讶的机会。

与此同时，华生因为福尔摩斯对霍华德的态度而非常烦恼。以他对福尔摩斯长期以来的了解，他知道这种态度与其性格不符，他决定找一个合适的机会来弄个明白。他们站在图书室的一个角落里，小酌着杯子里的茶，观察着周围的宾客，机会来了。“你知道，福尔摩斯，”他平静地说，“有时候，我真搞不懂你。”

福尔摩斯扬了扬眉毛。“恐怕没几个人能懂，”他回答，“不过从你的表情来看，你应该是为了什么事情对我横加指责吧？”

“是的，就是这个叫霍华德的家伙。自从你第一次看到他，你就像是要想尽一切办法激怒他……或者说贬低他。难道这个家伙自己的难题还不够多，还要忍受你的热嘲冷讽和变相侮辱？我的上帝，伙计，要是你的弟弟在海外杳无音讯，你什么感受？”

“啊，不错，”福尔摩斯说，对华生的指责处之泰然，“他失踪的弟弟。我都忘了这回事了。”

“你从不会忘记任何事情，所以不要以此为借口欺骗我。必须要说的是，你像是一直都不喜欢这个人，我怎么也想不明白为什么…… ”华生突然想到了什么，停顿了一下，然后说道，“我的天，你不会是因为嫉妒他吧，是吗？”

“无稽之谈！”

“不，不，就是的。我能看出来。”

“那么，请问我为何要嫉妒他？”

“我想可能是他和伯爵夫人正在日益渐进的关系吧，”华生摇了摇头，既惊讶万分，又深感滑稽，“夏洛克·福尔摩斯，那个曾经告诉我，哪怕最棒的女人，也都是骗子的人！”

福尔摩斯尖刻地看了看他，“我能建议你拿出手绢，擦掉你脸上的不满吗？”

“真有趣，”华生严肃地说道，“我不需要你那敏捷的头脑帮我分析。不过，还是小心点，福尔摩斯。那个女人名声在外，可是不太好的名声。作为你的朋友，我觉得我有必要建议你离她远点。”

“你自己听听，华生。如果有人表现出嫉妒的话，那就是你。”

“你说的这话真招人讨厌。”

“讨厌，或许吧。应该是准确才对。”

华生挺直了身体，他的胡子都要吹起来了。“我之前并未意识到，关心朋友的事，还是个罪过，”他嘟囔道，“看在上帝的份上，福尔摩斯，你和我都知道她把自己的丈夫从楼上推了下去。”

“除非有确凿的证据来证实你的说法，否则它就是空穴来风，华生，臆断这种东西，我从来不理会的。”

“那么其他的呢？她混乱的情感纠葛呢？上帝，福尔摩斯，这个可恶的女人所保持……亲密关系的男人，比英格兰的殖民地还要多。”

“我的朋友，你知道我对伯爵夫人的兴趣仅仅是因为我的职业关系。”

“我以前也一直是这样认为的，”华生说，“现在，我可不确定。”他放下手上的杯碟，像是被福尔摩斯的反驳伤到了，“或许我应该让你自己去面对。如果你没意见的话，我想去《年代邮报》的办公室，继续搜寻我们要找的那个跛脚杂技演员的档案了。”

“如果你这么做，我会非常沮丧的。”福尔摩斯回答说。

“为什么？”

“因为用不了多久，这里的一切就会变得更加有趣了。”

下午的天色越来越暗，夜色开始笼罩在宁静的里奇蒙德田园上。小鸟欢乐的鸣叫被昆虫若有若无的哀鸣替代。灯光从周围宅邸和酒馆的窗户里透射出来。街灯也开始工作，照亮了来往的马车。夜生活开始了。

但就华生而言，蒙太古庄园里的一切还是像刚来的时候一样：单调乏味。等了好久，最后俄莱娜的宾客们终于开始告辞离开了。

“我们也必须告辞了，伯爵夫人，”华生的脸上写满解脱，“但这绝对是个非常令人愉快的下午。”

“很高兴你能喜欢，医生，”俄莱娜说，“但是如果你不介意的话，我想叫你蹩脚的骗子。”

华生尴尬地清了清喉咙，这时福尔摩斯说道：“你真是美貌与直率并存，伯爵夫人。不幸的是，华生对于这点特质感到很不自在，就像他对于别的特质处之泰然一样。你不介意和我们同乘一辆马车吧，霍华德先生？”

霍华德瞅了一眼俄莱娜，然后说：“不用了，谢谢。”

“霍华德先生如今是我的座上客。”她解释道。

福尔摩斯盯着她看了很久，艰难地说：“明白了。”

“事实上，你并不明白，”她说，“你不明白，华生也不明白。”她将他们带到门口，补充说道：“但我可以告诉你们。给我的同乡提供一个住处，是对他昨晚救命之恩的一个小小的回报。”

福尔摩斯紧闭的嘴唇都要挤成一条线了。“那是当然，”他含混地说道，然后礼貌地点点头，“晚安，伯爵夫人。”

屋外，门刚关上，华生立马冲到等待的马车前。“终于可以回去了！”他激动地说道，而他的朋友并没有回应他，“我开始有些担心了，你通常总是最不愿意待在别人家里不走的，福尔摩斯，难道你看不出他们多么渴望我们早点离开？”

“当然能看出。那你认为我为何要拒绝离开？”

华生的眼睛骨碌碌直转，“福尔摩斯，你一直都是这样让人难以忍受，但我有种可怕的感觉，你现在有过之而无不及了。”他扣上外套，“那么，现在我们可以走了吧？茶点都不错，不过哈德森太太今晚做烤羊肉！”

福尔摩斯耸了耸肩，放慢了步伐，“你先走吧，老伙计。”

“你呢？”

“我承诺过，一切都会变得有趣。难道你不想知道如何有趣？”

不等回答，福尔摩斯转身，又朝房子走去。

第七章

预备!

蒙太古伯爵的军械库位于庄园的后方。这间散发着霉味的高顶军械库面积很大，窗户玻璃四周镶着铅框。屋子那冰冷的灰色石墙上堆砌着很多盔甲、蒙太古三角旗和各种样式及尺寸的武器。这里陈列着四个世纪以来的军械，它们全都经过远近战场血雨腥风的洗礼。

俄莱娜一提到这个军械库，霍华德就非常有兴趣，眼下他先是在研究一副乔治三世时期的手枪，然后是一套长枪管的运动枪支，甚至还有一只来自他自己国度的老式布朗·贝斯火枪。还有各种刀剑——英国和法国的佩剑，俄国和奥匈帝国的大军刀，匕首，短弯刀和军官佩剑……

霍华德吹了声口哨。“有了这些，单枪匹马摧毁一整个军队都没问题。”他说道，声音在冰冷坚硬的墙上轻轻地回响着。

几英尺之外，俄莱娜看着他，脸上带着母亲般的微笑，此刻的他看上去像是玩具店里的孩子。“据鲁伯特说，那正是蒙太古氏过去常建的丰功伟绩，”她解释说，“显然蒙太古的先祖们的足迹遍布黑斯廷斯、斯坦姆福德桥、萨拉托加、特拉法加、新奥尔良各大战役……噢，你要是听鲁伯特当时说的那个感觉，几乎每个地方都去过，当然，他们都无比的勇敢。”

“必须的。”他笑着回答道。

对面墙上，一把细长刀刃的长剑把柄朝上挂着，霍华德上前拿起了剑，试着挥了两下。他的第一印象是对的：这把剑出自一个技术精湛的工匠之手。

“俄莉，你的丈夫是个什么样的人？不要误会我，但是你把他说得像个吹牛大王。”

“他不是，”她想了一会，回答说，“绝对不是。可以用正派这个词来概括他。尽管有的时候他会夸夸其谈，就像这个国家绝大部分当权者一样。你知道，他们都认为上帝是个英国人。”

“他们是不是也都说些虚情假意的恭维话？”

她笑了，“不是，只有福尔摩斯……哦，福尔摩斯。托马斯，不要放在心上。”

“现在说这个有点晚了。”

他突然注视着她，看到她眼中透露出和他一样的渴望，他抑制不住地走向她。他用没有拿剑的胳膊搂住她的肩膀，将她拉近，全力地吻上了她的嘴。她的唇饱含着同样的热情，直到……

门外一阵小心翼翼的敲门声。

不知道什么原因，他们像两个偷情的人似的猛地弹开了。俄莱娜将之怪罪于自己过火的热情，她镇定地说：“进来。”

门开了，进来的是福特汉姆。“对不起，夫人，打扰您了。但是福尔摩斯先生刚折返回来了，说是要见您。”他毕恭毕敬地说道。

霍华德低声咒骂了一句，而还没等俄莱娜回过神，福尔摩斯迈步走了进来。他并未服从要求，在图书室里等候，而是跟着管家穿过了庄园到了军械库，华生尾随其后。福特汉姆小心地告退了，关上了身后的门。

眼下这个光景对于华生来说真是无比尴尬。他能察觉出他们破坏了看似非常隐私的时刻，他脸上的尴尬表情写着他宁愿去别的任何地方，也不愿待在这儿。

福尔摩斯可不是这样。他看了看俄莱娜，又看了看霍华德，嘴上泛起了一个斜斜的浅笑。“抱歉打扰了两位，”他说道，显然言不由衷，“但是就在我们离开的时候，华生提醒我，我们还没询问你弟弟的情况，霍华德先生。”

“我弟弟？”霍华德茫然地说。

“你还记得啊，”福尔摩斯讽刺地说，“就是那个失踪的人。我突然想到如果你宁愿自己找他的话，我最少能给你建议几条路线，这样多少可以让你跑起来不那么辛苦。”

霍华德松了口气，“不用麻烦了。我方便的时候会自己去找的。”

“好吧，”福尔摩斯说道，他像是才注意到霍华德手里的长剑，“你很钟情刀剑啊，霍华德先生？”

“你是说，我会不会用？当然，战争已结束，我——”他停了下来，然后说道，“你怎么样？

“和所有受过教育的人一样，我反对暴力。”

霍华德的下巴抽动了一下，“你是会还是不会？”

“如果你是想决斗的话，霍华德先生——我是不会的。”

霍华德当然并没有任何这方面的意思。但是此话一出，他立马就上钩了，“为什么不？怕输？”

“正好相反，”福尔摩斯说，“不过作为伯爵夫人的座上宾……”

“不用在乎这一点。”

“很好。”福尔摩斯说道。他穿过屋子，走到墙壁边，拿了一把类似的长剑，迅速地挥舞了几下。然后返回到霍华德身边，他正在脱他的外套和肩带枪套。

“我觉得这个主意不好。”俄莱娜匆忙说。

“我也这样认为，”华生说，“这是极度不负责任的。无论你们怎么小心，势必有一方甚至双方都受伤的。”

福尔摩斯朝霍华德扬起了眉毛，“你怎么说？我们是不是要停下来？”

“绝对不，”霍华德挥了下手里的剑，“我真的很好奇会发生什么。”

“英雄所见略同。”福尔摩斯说道。他迅速脱掉外套，递给华生，然后竖起了自己的剑，向对手致意。

“预备！”

他和霍华德绕着彼此踱步，剑锋一出，在煤气灯的照耀下，好似液体水银般闪闪发亮。华生舔着自己的嘴，手指紧张地婆娑着福尔摩斯外套里装的东西。

只见霍华德向前猛扑了过来，想要果断地快速结束决斗。福尔摩斯往后退了一步，灵巧地挡了一下，随着金属“叮”的一声响，霍华德手里的剑滑了一下。他向前绊了一下，失去了平衡，但很快就站稳，跳到后方，以免被福尔摩斯刺到。他挥起剑，将福尔摩斯的剑挡到一边，然后又迅速往前挥舞着剑猛戳了几下。但是他明显比福尔摩斯略逊一筹，而且他越来越急躁，连本应有的技术都消失殆尽，渐渐成了一只冲锋的公牛。

福尔摩斯不断地抵挡和还击，与对手一步步较量，看上去几乎很清楚地预料到霍华德每次下一步的动作。

他们就这样在军械库里来回地移动着，彼此看着对方。霍华德又一次猛地向前扑了过去，福尔摩斯虚晃了一剑，看似将剑锋拧了一下，他的剑顺着霍华德的剑滑动，轻轻一挥，这个美国人的剑飞出了手掌，“哐当”一声落在了石板铺的地面上。

俄莱娜倒抽了一口凉气。“好了，”她说，“我宣布福尔摩斯是赢——”

这两位都没理会她。福尔摩斯站到后方，示意这位密苏里老兄捡起剑。霍华德重拾自己的剑，这次他的眼里充满杀气。

他们又一次面对着对方。福尔摩斯的挑衅最终起到了预想的效果。霍华德开始保持了短时间的平和，如今已经怒火中烧激动到了顶点，而福尔摩斯则保持着他一贯的冷静和镇定自若。

霍华德向前跳去，剑锋相抵，发生铿锵的声音。霍华德冲上前去，但是福尔摩斯侧着躲过了他的剑。霍华德一次次地向福尔摩斯砍去，面对这样毫不迟疑的进攻，福尔摩斯最后被逼后退。

俄莱娜快步走上前去。华生还来不及制止她，只好喊道：

“够了，听见没？”

但她的声音被剑锋相对那剧烈的“咣咣”声淹没了。福尔摩斯感觉到自己的背已经抵到了墙，再也无法后退了。霍华德也意识到了这一点，不顾后果地朝着他的脑袋猛砍下去。福尔摩斯顺势蹲伏在对手面前，霍华德的剑身沿着石墙一路划下去，剑梢处火花直冒。

突然，霍华德僵住了。

福尔摩斯的剑梢正好抵在他下巴处，只要往里稍微用劲一刺，这个密苏里老兄就玩完了。

“你认输吗？”

“绝不。”

“那么我们只好继续比赛，直到其中一人受伤，甚至更严重？”

俄莱娜疾步靠了过来，华生说道：“我的上帝，你们两个傻子究竟要证明什么呢？”

霍华德盯着福尔摩斯，咬牙切齿地说：“尊严是有代价的。”

“谎言也是。”福尔摩斯说。

霍华德的怒火再次爆发，他往后退离了福尔摩斯的剑锋，“见鬼，先生，你太过分了！还没有人说我撒谎。”

“那么他们都怎么称呼一个改名换姓的人？”

“福尔摩斯，你……”华生问道。

福尔摩斯站直了身体，说道：“这个家伙根本不是托马斯·霍华德。他有一个更加响亮的名字，那就是亡命之徒杰西·詹姆斯！”

第八章

希腊之火

这两个男人之间的紧张气氛越来越强烈。

然后这个霍华德，或者叫杰西·詹姆斯的人（如果我们相信福尔摩斯的话）做出了决定，将手中的剑扔到一边。“我想否认也没有用了。”他疲倦地说。

“没用。”福尔摩斯回答。

俄莱娜站在杰西的身边，震惊地盯着他。

“你什么时候认出我的？”杰西问福尔摩斯，“我哪里露出了破绽？”

“你没有，詹姆斯先生，”福尔摩斯放下自己的剑，“但是伦敦的《泰晤士报》六周前曾经登过你的照片，所以我一见到你，就认出来了。”

“那你为什么没有指出来？”

“我很好奇，想要知道你来英格兰的目的。你那失踪弟弟的故事就是个烟幕弹。一切还要感谢你。当我第一次询问你的时候，你明显很不情愿将这个谎言再编下去。”

“那我来这里是为了？”

“我可以做出不那么低俗的猜测，不过我现在不想过多地推断。我想让你自己来解释。”

杰西还没来得及回答，俄莱娜低声地质疑道：“如果你真的是杰西·詹姆斯，那你来这儿做什么？”

“这是一个很长的烂故事，夫人。不过或许您的冰镇威士忌能帮助大家听下去。”

他们离开了军械库，回到了图书室。福特汉姆送上了威士忌，告退了。这位来自密苏里的老兄开始了他的故事。

“你知道我的名字，也知道我的名声。我不准备否认什么或者找什么借口。我杀过人，抢过东西，我并不为自己感到骄傲。但在我没见上帝之前，我会重复我做的事情。”

他转向福尔摩斯，“你说我有威尔士的血统，你是对的。我的老爹是威尔士人，他是个浸礼会牧师……这显得我的所作所为更加恶劣了。不过，我和我的兄弟弗兰克，我们一路成长，都是很正派的。是内战教会我们如何战斗和搏杀，如何在战斗与搏杀的世界里勉强安身立命。我们得到了教训。联邦主义者叫我们伏击者，我们视自己为游击队员，以自知的唯一方式对抗比我们强大的敌人，给他们迎头痛击，然后在他们发动反击之前，迅速撤离。”

“最后我们遇到了一个叫血腥比利·安德森的，一个冷血的杀手，帮我们……怎么说呢，对，磨砺了技艺。这之后，弗兰克加入了一个叫昆特里尔奇兵团的组织，后来我也去了。”

“威廉·克拉克·昆特里尔，”福尔摩斯沉思着说，“我读过关于他的书。他发起过血洗堪萨斯劳伦斯地区的突袭，是不是他？”

杰西点了点头，“是的。但那是在我遇到他之前。还有一件事你说的对，福尔摩斯。我的确胸部中过弹，两次，而你们英国糟糕的天气确实让我旧伤复发……”

他停顿了一下，思绪瞬间回到了以前的日子，“无论如何，战争结束后，密苏里的时世很艰难。南部的重建夺走了我们的诸多权利。我们不能携带枪支，不能有自己的奴隶，不能在政府里任职，甚至不能布道……也不能合法地阻止北方来的投机家们强占我们的牲口和土地。所以我们的唯一选择是用武力夺回我们需要的东西。”

“不是每个人都选择这条路。”俄莱娜轻声地提醒他，自从刚刚得知了他的真实身份，她开始带着一种全新的眼光，饶有兴趣地打量着他。

“是的，”他承认道，“很多人说我和弗兰克选了一条错误的道路。或许是的。谁知道呢？我能说的是，我给《堪萨斯城时报》寄了一封又一封的信，感谢他们，他们也刊登了这些信，信上表达了我们想要走上正途的愿望，可是法律仍然将我们定为不法之徒。”

“当然，我确实做了不少事情，让自己名副其实。我一直游移于这个或者那个团伙，我们抢劫银行、驿站、马车，甚至还有集市，从爱荷华到西弗吉尼亚之间的几乎每个地方都有我们的足迹。两三年前我们也开始抢火车。”

“你们还救济过穷人，就我所知，”俄莱娜说，“这就是为什么报纸把你比做罗宾汉。”

“很高兴告诉您，那是真的，伯爵夫人。”

“俄莉。”

“俄莉。但事实是，这整个的‘罗宾汉’传闻始于一次我们抢劫的火车上有些当地家庭，弗兰克认出了这些人，然后将钱还给了他们。他们四处传播，嗯，然后媒体就报道了，把我们说成了英雄式的人物。我们全都对此一笑了之。事实是，穷人没什么可抢的，他们身上没什么值钱的东西。所以，我们就专抢银行和专列的保险柜，里面有大把的钞票。”

他咯咯地笑着补充道：“收获也是相当大的，不过最后警察们忍无可忍了，其中一家火车专列公司雇佣了平克顿人来搜查我们的行踪。”

“我想你是指平克顿全国侦探事务所吧？”福尔摩斯说道。

杰西点了点头，“他们的探员无处不在。实在太糟糕了，在科尔尼，过条马路都会碰到平克顿的探员。”

“但你从未被抓住。”俄莱娜说。

“没有，夫人，科尔尼人并不是卖友求荣的主，没有人会跑去告诉平克顿人我们的藏身之所。这就是凯奇·利吉特暴跳如雷的原因之一：他知道我们就在他眼皮底下活动，却无法让科尔尼人供出我们。”

“凯奇·利吉特？”华生重复道。

杰西的脸色突然变得阴沉，凯奇这个名字让他再次怒火中烧。他将杯里的酒一饮而尽，说道："他是艾伦·平克顿找来的，是抓我那些人的头儿，也是我来这儿要找的人。"他目露凶光。"我来这儿要杀的人。"他最后沙哑地说。

房间里陷入了长时间的沉默，直到杰西自己开始重拾话题："凯奇·利吉特是个自负的狠角色，福尔摩斯先生，他是个充满野心，像严冬一样冷酷无情的家伙，他放话说接受这个工作两周内必给我们戴上手铐，但是弗兰克和我，我俩可不会让他称心如意。"事实是，我们竭尽所能捉弄他，让他的追捕显得无比滑稽，看起来像个傻子。我想这是我们的错，当时应该像踩死一条蛇一样踩死他，但是我们没有。最后，他发誓说，要是抓不到我们，也会有办法让我们自己现形。

"这个凯奇·利吉特后来越变越疯狂，甚至开始捕风捉影。他的一个密探告诉他我和弗兰克计划在刚过去的一月末那几天回家看老妈和继父——雷本·萨缪尔医生，凯奇·利吉特听到这个消息坐不住了。有天夜里，他带着一伙手下悄悄包围了我老妈的屋子。他们在树林里藏了一会儿，商量着怎么把我和弗兰克逼出来。最后，根据凯奇·利吉特的说法，他冲着屋里高喊，让我们出来。老妈发誓她没听到任何声音，我老妈她绝不会撒谎。无论如何，屋里没人应，凯奇·利吉特往房子里扔了个燃烧罐……"

瞅见俄莱娜双眉紧锁，满脸疑惑，福尔摩斯解释道："官方名称叫'希腊之火'。它呈灯笼状，不同的是半球形的铁制底座，铜制的盖子，上面凸出来两根导火索。铁底的重量能保证整个罐子总是正面朝上落地，罐子里的松脂给导火索提供了燃料，旺火就此就会烧起来。"

“唔，这个还不是他那晚的目的，”杰西铁青着脸说，“凯奇·利吉特拿它当炸弹，希望能把我们逼出屋子，这样他和手下就能一枪崩了我们。至少，他是这样狡辩的。事实是，我们听说平克顿人最后一秒钟收到消息，说弗兰克和我在五十里之外南部的劳林斯伯特。”

华生猛灌了一口酒，“你是说这个叫凯奇·利吉特的家伙故意用火焰弹烧了你家？”

“该死的，是这样。我告诉你，他是一个冷酷无情的人，这个凯奇·利吉特。我们愚弄了他，所以他想炸了老妈的屋子让我们付出代价。”

他停了下来，哽咽地说不出话。俄莱娜想走到他身边，但不确定他会如何反应。

福尔摩斯冷静地说：“我认为一个燃烧罐的威力可没有那么大。”

“或许是吧，”杰西说，“一般情况下是的。但是罐子滚着起火爆炸了，炸掉了我老妈右肘以下的胳膊，我八岁的同母异父的弟弟阿奇被炸死了。”

他又一次哽住，无法言语。他的思绪回到了那个夜里，想象着之后几个小时的惨状：老妈整晚坚持坐着，笨拙地拿绳子捆住了自己的残肢，止住了流血；她坐在她那奄奄一息的孩子阿奇的身边，止不住地哀嚎；两天，整整两天之后，医生才赶到，竭尽全力才让她得以康复。

沉重而短暂的切身回忆之后，他像是回到了密苏里，眼前的一切都变得真实生动起来，以至于他都能感受到密苏里炽热的阳光照在脸上，闻到黑麦草的香味，听见骡子拉着老妈的骡车沿着山麓向西的山坡往上，发出“嘎吱嘎吱”的声音。

“詹姆士先生，你是说？”

福尔摩斯的话将他带回了现实。他打起精神，解释说在离开密苏里的前一天，他和弗兰克让邻居带话给他们的母亲，让她中午前后在老地方等他们。

因为有树林的遮挡，他们用一副双筒望远镜审视着老妈身后的痕迹，以确定她没有被人跟踪。确定无疑后，他们骑出了森林，在骡车边下了马。

“对不起，老妈，我们不能及时赶回去。”弗兰克说。他和杰西曾经很像，但是弗兰克身形更高大，头发更黑，表情和举止更加冷静，“听说平克顿人还是在日夜监视。”

“是的，”泽瑞达·萨缪尔证实道，“傻子才会认为我没看到他们，不过他们确实比食物贮藏间里的瞎浣熊[①]还要容易找到。所以我知道那个卑鄙的懦夫凯奇·利吉特没有和他们一起。”

“他走了，老妈，”杰西说，“老将哈里斯在布莱恩的饲料库听见几个平克顿人说，凯奇·利吉特知道了发生在你和阿奇身上的事之后，就跑了。”

这是真的。自从怯懦的投掷行为传开了之后，凯奇·利吉特和侦探事务所的老板——艾伦·平克顿的名字，很快就成了大部分眼里的“人渣”代名词。时间流逝，恶毒的谣言开始四处传播：凯奇·利吉特最好赶紧滚出这个国家，因为杰西·詹姆斯和

---

① 俚语，表示很好找的东西。

弗兰克·詹姆斯会想尽一切办法宰了他。

“但是我们怎么也抓不住他。”泽瑞达痛苦地说。

“这样说为时尚早，老妈。听说他坐船去了英格兰。”

“英格兰？”

弗兰克说：“他有个叫杰克的弟弟，住在利物浦。估计是去他那藏身的。”

泽瑞达皱了皱眉，她那满是皱纹，干巴巴的脸上，一口牙所剩无几，眼里满是凄凉，“那我们还是不要想着找他了。”

“英格兰并不像听上去那么远，”杰西说，“尤其是眼下，就是追到海角天边，我也要找到他。”

泽瑞达的下巴都绷紧了，“我觉得这比在暴风雪中寻找阳光还要希望渺茫。”

“已经决定了，老妈。我有凯奇·利吉特的照片，从《自由前进报》上剪下来的。我有足够的钱，能解决交通和住宿。所以，我到了利物浦这个地方之后，会找到他的。相信我。找到之后……”

这句话已经没有说完的必要。

泽瑞达的眼睛此刻看上去比岩石还要坚定。她用仅剩的那只手从裙兜里拿出一本圣经，递给了杰西。“孩子，你对我发誓，”她说道，“发誓无论发生什么，你都要杀了这个胆小如鼠的凶手。”

没有片刻迟疑，杰西将手掌按在圣经上，“我发誓。”

得听所愿，泽瑞达将圣经放回了自己的裙兜里，这个动作让她脸上抽搐了一下。

“胳膊还是很疼吧，老妈？”弗兰克问。

“有点，”她承认道，看了看衣袖下面的断臂，“但是我正在学习如何与它相处。”她伸出了胳膊，给了他们每人一个温暖而坚定的拥抱，然后说：“我会一直为你们祈祷的。”她向他们的黑仆点了点头，他赶起了骡子。

杰西和弗兰克看着骡车沿着山坡缓缓下降，消失在树林里。这一刻，一切都变得肃穆而寂静。弗兰克这时从他的马褡裢里掏出了一个东西，交给了杰西。那是一副手工做的皮制肩带枪套。

“这个用来干什么？”杰西问。

“科尔·雅戈尔说在英格兰携带枪支是违法的，我不想你手无寸铁。”

杰西咧开嘴笑了笑，“噢，你这个可怜的老家伙，话说得让我鸡皮疙瘩都起来了，还好你不是一点感情没有的人。”

“如果你再这么肉麻，”他兄弟低吼道，“就把它们还给我。”

尽管说的时候带着笑意，杰西也是面带笑容，但他们就那样站在那里，都不愿意说再见，然后分道扬镳。最后，他们不太自然地迅速相互拥抱了一下，然后各自往后退了一步。杰西将肩带枪套放在马鞍的鞍头上，飞身上马。弗兰克一把抓住马勒，抬起脸看着他。

“杰西，答应我一些……”

“如果你是担心女人……”

“不是女人。我知道在女人的问题上你有分寸。是你的脾气，杰西。有的时候，连一触都不用就即发了。你如果在英格兰惹上麻烦，可没有任何人帮你。”

“谁说我会惹上麻烦？”

弗兰克的脸在强烈的阳光下倍显严肃，“你是去伺机杀人，或许还是两个人，杰西——我想这对新手来说不是简单的任务。”

“相信我，弗兰克。我可以的。”

“我知道你可以，兄弟。但是万一你处境不乐观……”

“弗兰克，不用担心。我会保持冷静，也会远离女人，可以吧？至于英格兰，”杰西补充道，“不会把我吓着。它有沙龙和银行，那儿的人也都说英语，和我们一样，不是吗？能有多危险呢？”

“能有多危险？”杰西的故事讲完了，福尔摩斯重复着这句话，“那么你来找的那个人就是害你老妈残疾，杀死你同母异父弟弟的家伙？一个你认为逃到利物浦的人？”

“他确实逃到了利物浦。大约两周前，我到了那个地方，拿着凯奇的照片四处寻找，终于找到一个家伙，声称自己和凯奇还有杰克在码头某个沙龙，就是你们所说的酒吧，交谈过。在交谈中得知，他们要去伦敦。于是我就来到了火车站，找到一个售票员，‘奉劝’他承认自己卖过两张票给这两个人，去的地方是尤斯顿附近。我追踪到那里，调查了一番之后得知他们在某个慈善性质的专济会还是廉价旅馆里待了几个晚上。那里的经营者说，他们曾经提及要去你们说的东区做生意，但是从那以后，追踪陷入僵局。”

“有意思，”福尔摩斯说，“我以为两个美国人在那个地区应该是很容易找的。”

“原本是这样，”杰西表示同意，“不过这些东区的人，就像科尔尼人一样，他们对于像我这样的局外人总是三缄其口。如果是你，可能运气会好点。”

华生很震惊，“你不是指望夏洛克·福尔摩斯帮一个名声在外的亡命之徒吧？”

“为什么不？”俄莱娜问道，“我准备帮他。”

“那么就不要让他上街，”福尔摩斯命令道，“《泰晤士报》的发行量可不小，其他人肯定也见过你的照片。而且我还注意到之前有个《伦敦新闻画报》的素描艺术家。他是不是趁机给你来了一张，詹姆斯先生？”

“是的，但是我从他手上抢了过来，准备晚点把它烧了。”

“嗯，这是个好消息。”

杰西很是惊讶，“这么说，你是站在我们这一边了？”

“我是希望在我找到凯奇·利吉特和他兄弟之前，你不要露面。但是我必须告诉你，詹姆斯先生。我并非毫无同情心，我会将这个人交给当权者，然后看着他为自己的罪行付出应有的代价，这是我很乐意看到的。我可不会把他交给你。”

“但是我向老妈保证——”

“我不管你有没有保证什么。我是不会看着有人被无情杀害而坐视不管的。”

杰西对福尔摩斯怒目而视，“那么让我来告诉你，滚远点，否则我和你势不两立。”

“你现在没什么立场做出这样的威胁。”华生提醒他。

"那么，就当我是给他一个适当的警告，"杰西说，"就像我会对任何一个劝我放了凯奇·利吉特的人做出警告一样。"

"那么，我真诚地希望不会有那么一天，詹姆斯先生，"福尔摩斯说，"就报纸上的报道而言，我并不全信。既然我遇到你，亲眼观察之后，我相信你并非传闻中所言。"

"他这是赞美你，"看见杰西带着质问福尔摩斯的目光，俄莱娜说，"但是他是对的。你必须待在这儿，远离公众的视线，在这儿我可以保护你，免受窥探。"

"就像你今天下午所做的一样？"杰西讥讽地笑着说。

"今天下午，牛仔，你只是被怀疑成偷牛贼。我怎么知道几个小时之后，你就摇身一变，成了杰西·詹姆斯？"

第九章

维尔莉特·基德太太

《年代邮报》的办公室坐落在塔维斯托克街和威灵顿街的拐角处。第二天一早，福尔摩斯和华生在它开门后不久就到了，然后再次被带进了这家报社的档案室。这是一间布满灰尘、几乎无人问津的屋子，位于报社的后面，闻起来有股淡淡的霉味。眼下就剩他们两个人，在一卷又一卷的报纸里各自为战，中午时分，华生说："这儿，我想我找到了！"

福尔摩斯马上走到他身边，越过他的肩膀，仔细地看着那篇名叫"悲剧降临布里斯托高空杂技演员"的豆腐干文章。标题下面，正文是这样的：

本月18号，高空翻杂技秀的一员，目前受雇于卡斯特罗马戏团的维尔莉特·基德太太，在布里斯托的城堡公园夜间表演时，不慎摔下受伤。7点之后，高空秋千的表演持续了十五分钟。当时场上观众约有五百名，其中大部分是妇女和儿童。关键时刻，绳子操作上的失误使得基德太太失去平衡，重重地摔落在地，当场摔断了几根骨头。观众失去理智，现场一片骚乱。女士们当场昏倒，孩子们哭成一片，观众们都蜂拥向前，想要看看大篷剧场的舞台上这位不省人事的女士。但是这场演出秀敏捷的助手们在观众还没意识到该怎么办之前，已经火速地将基德太太转移到了化妆室，并且叫了外科医生。除了几处内伤，基德太太的左腿有几处骨折。

“我说，”华生问，“你怎么看？”

“我想你今天做得不错，老伙计，”福尔摩斯回答，留意了下发表的日期，是约八个月以前了，“最少，我们应该看看维尔莉特·基德太太现在怎么样了。”

《年代邮报》那位戴眼镜的编辑很是乐意提供帮助。他证实了卡斯特鲁马戏团仍在营业，在一个装满了各种旅行日程和时间安排表的文件盒里一顿猛翻之后，他说这个马戏团现在在普兹茅斯的南海城。福尔摩斯表示了谢意，然后和华生去了最近的邮局，在那儿给马戏团的老板发了一封电报，询问维尔莉特·基德太太目前的地址。

他们回到了贝克街，等待回信的时候，福尔摩斯钻进了自己的栗色长晨袍，在工作台前忙活起来。

他在业余时间发展了各种爱好，包括研究佛教和康沃尔方言和艺术，不过他最热衷的还是研究蜜蜂。很明显他是被欧洲蜜蜂的群居秩序、行为和无私的劳作精神所吸引。事实上，他经常说，有朝一日要隐退到南部丘陵地区，以便养这些蜂。

眼下，他正在研究不同试管里的东西，然后匆匆地写下点什么。华生问他在做什么。

“我正在努力发明一种同素异形体。”福尔摩斯回答道。

华生思考了片刻，然后说：“你能解释下吗？”

“当然。如你所知，每次打开一个蜂窠，都会使用冷硫磺烟幕来遮挡兵蜂，同时会对工蜂产生一种镇静作用，它们就会因此体现出一种神秘的求生本能，在蜜里大快朵颐。但是，我的经验是这种烟有时会对蜜蜂产生毒害，所以我正试着创造出一种全新的、更加温和的同素异形体，这样对它们会更加友善点。”

“我相信，”华生说着又埋头于报纸，“这群嗡嗡叫的家伙们都会感激你的。”

3点刚过一会儿，门铃响了，很快他们听见哈德森太太上楼的脚步声，她还没抬起手，福尔摩斯就打开了门，一把从她伸出的手上拿走了电报。“谢谢，哈德森太太。”他说道，然后当着她的面迅速地关上了门。他撕开信封，打开了里面的电报，快速地浏览起来。

“太好了！”他说，“根据这位非常热心的安德鲁·卡斯特罗所知，维尔莉特·基德太太最后的地址就在伦敦德普特福特地区的运河路二十七号。华生，你能……”

“我知道，”华生叹了口气，从他炉边的靠椅上爬了起来，一步一拐地走到衣帽架边，“下楼，找辆马车。”

整个路程花了半个多小时。他们从威斯敏斯特桥上穿过了泰晤士河，然后沿着伦敦南区的狭窄、破旧的街道一路蜿蜒，途经兰贝斯、象堡、萨瑟克和波门德斯区。太阳慢慢西沉，狭小的住宅、灰尘覆盖的黑色店铺都蒙上了一层灰色的阴影。最后，马车慢了下来，他们身后车顶上的活板门开了。上面的车夫告诉他们已经到了：“一共是四先令一便士，先生。”

福尔摩斯给了他两个两先令六便士的硬币，然后和华生爬出车厢，侦查了一下四周的环境。在渐暗的光线中，破落的运河路显得与世隔绝。狭窄的鹅卵石街边，是一排破败的连栋住宅，对面是一条木栅栏和一条肮脏的运河。华生看了一眼房子，大部分看上去都被木板封上了，于是他说道：“我想我们来得太迟了，看起来这条街已经废弃了，大家都搬走了。”

“并不是所有人都搬了。”福尔摩斯说道，指着很远的街尽头一户人家窗户里的灯光。

他们朝那走去。右边，一些觅食的老鼠“吱吱”叫着，他们赶紧从成堆的垃圾里穿了过去。华生做了个鬼脸。他对于这些屋子的推断是对的，它们全都黑黢黢的，寂静无声。显然运河街上全都空无一人，除了二十七号。

福尔摩斯“笃笃”地敲了敲门，门上的油漆已经严重剥落。过了一会儿，门开了，一个约摸二十五岁的小个子女人探出头，小心翼翼地看了看四周。借着微弱的光线，他们看见她有一张苍白的脸和疲倦的蓝眼睛，小小的尖鼻子和一张哀伤的薄嘴。黏糊糊的金色头发梳成了一个圆发髻，一缕鬈发、刘海凌乱地垂在额头上。她穿着一件衬衫，扣子扣到了脖子上，还有一条肥大的黑裙。

“基德太太？”福尔摩斯问道。

她犹豫了片刻，说道：“是，是的……有什么我能效劳的？”

“有的，基德太太。我想问你一些两天前的夜里发生的事情。”

她退缩了一下，眼皮眨了眨，身体开始危险地摇晃。华生看出了她的不对劲，将福尔摩斯推到一边，在她快倒地的时候，一把抓住了她。她重重地跌倒在他的怀里，他惊讶于她是如此的瘦削和虚弱。

“敏锐可不是你的专长，福尔摩斯。”华生咕哝道。

听到他的声音，这个女人终于有些力气问道：“你们是警察？”

“不，”福尔摩斯说，“不过首先我告诉你，你要是诚实点，警察就不会找上门。”

基德太太皱了皱眉，“如果是要玩勒索的把戏，你是在浪费时间。我们蜗居在此，只能勉强糊口。”

“我们不是来给你雪上加霜的，太太。如果你合作的话，情况正好相反。”

她考虑了一会儿，然后点了点头。“好吧，”她说，“如果真是这样，对我可是个解脱。请进，先生们。”

他们经过一个狭窄的通道，这时从客厅里传来虚弱的喘气声，“小维，没什么……”话被一阵持续的咳嗽声打断了，“没什么事情吧？”

她低声说：“这是我的丈夫，伊曼纽尔。他病了，就睡在楼下的客厅里，那里暖和点。”然后大声说道：“是的，曼尼，没事。”

他们跟着她穿过漆黑的走廊，爬了一节楼梯，来到了邋遢拥挤的厨房。她的左腿瘸得有些严重，正如福尔摩斯在威顿修道院的院子里所说的那样。

她示意他们在唯一的一张木头桌子处坐下。“你们真的不是警察？”她安静地说。

“不是，”福尔摩斯说道，又做了自我介绍，然后说道，“我们最近一直在调查突然爆发的珠宝盗窃案，我的结论是你难辞其咎。”

她苦笑了一下，“抵赖对我而言应该没什么好处。”

“是的。不过如果你告诉我你知道的每件事，应该会很有益处。”

“我会的，先生，我会很诚实的。正如我刚刚说的，这样做我很高兴。我不是个手脚不干净的人，先生。至于我所做的一切，我不得已走上这条路的种种，才是我悲痛的原因。”

她沉默了一会儿，像是要理清思绪。然后说道：“你是对的，福尔摩斯先生。我生来就有着超常的柔韧和平衡感。在我不到五六岁的时候，我的父亲发现了我这一特长，于是就经常带我上城里，或者去各种赛马场，我会在一根匆匆拉好的钢丝上为观众走上一段，或者在临时的栏杆上表演倒挂。他们如果心情不错，看完会赏一两个便士。我生来就是演员，先生，这些也都是我想做的，所以我一点也不觉得辛苦。但是我的不幸人生因为父亲的嗜酒开始了，最终我长大了之后，像我在书上看到的故事那样，我跑进了马戏团。

“那年我十四岁，在卡斯特罗马戏团找了份工作，开始在一个叫高空翻杂技秀的表演里当学徒。

“从那以后，生活就在不断的奔波中度过。我们在外省风雨无阻地表演，每天起早贪黑。在竞争激烈的时候，我们不是在埃普瑟姆、莫而瑟，就是在埃格姆或是阿斯科特。我们甚至还出国表演。如果够幸运，我们还能在圣诞的童话剧中找到活干，这能帮我们捱过整个冬天。生活很艰苦，收入很微薄，但是我很热爱这份工作。我有很棒的朋友，更重要的是，我有曼尼。”

“他也在马戏团工作？”福尔摩斯问道。

基德太太点了点头：“他是你所能见到的相当棒的魔术师和转盘高手，他也是个温柔、友好和善良的人。尽管年龄相差很大，我们一见钟情。曼尼一直很体贴，充满爱心，所以当他终于开口向我求婚的时候，我迫不及待地答应了。接下来的两年里，我们过着无比开心的日子。可是，后来他染上了很糟糕的慢性咳嗽，体重也开始下降……”

华生一直很专心地听着，这时轻轻地念叨：“肺结核的症状。”

“正是，”基德太太说，“就是肺结核。我们没钱治疗，但是我们的老板是个好人。他花钱找了个医生，给曼尼检查了一下，还给了我们一辆闲置的马车用。这就意味着曼尼虽然没法演出了，但还能跟着我们四处奔走，而且我没演出的时候，也能照顾他。但是我作为唯一的收入来源，只有更加积极地参加演出，来多挣一些钱。我们加入了一个新的环节，叫做‘生命的飞跃’，它是从一根高空秋千上跳到另一根，期间在空中翻几个跟斗，然后被悬在第二根秋千上的同伴接住。我们排练了几次，毫无差池，但是为了安全的原因，还是保留了那张接住我的网，以防止我摔下来。

“我们给观众带来的处女秀非常完美。但是就在当天的后续表演中，灾难发生了。当我从支撑板往吊架跳的时候，我感觉到齿轮的抖动，多少知道系在上面的绳子已经松了。我听见观众发出的惊呼声。然后吊架的一边掉了，我没有抓住，掉在了安全网的边缘，被猛地侧抛在下方的大蓬舞台上。我的髋部和脚踝摔断了，我作为高空杂技演员的生涯也结束了。”

福尔摩斯扬了扬眉毛，有些疑问，但他没有开口。

“我心力交瘁，”基德太太说，“我再也没法挣钱，曼尼和我的生存都成了问题。我还能做什么？表演是我唯一了解的东西。尽管那场意外让我脚瘸了，但当我发现大部分才能还没有丧失，你能想象我开心成什么样吗?

“但是不幸的是，卡斯特罗先生的想法是观众不想看到一个拖着脚上下舞台的演员，那样他们会直观体会到事情一旦出错，会产生什么样的后果，马戏团应该给观众提供的是远离现实的机会。我理解他的想法，对此也无可厚非。

“他给了我一小笔钱，让我能够保住这间屋子，从那以后，我们就一直住在这儿，生活过得捉襟见肘。生活一直很艰难，福尔摩斯先生。但是对于可怜的曼尼来说，生活更是一场折磨。他急需治疗。可我怎么也无法支付得起治疗费用。”

“直到命运改变。”福尔摩斯说。

“是的，有一天我从杂货店出来，正走在路上，突然感觉自己被跟踪了。果然不出所料，我刚关上门，就听见了敲门声。我应了一声，门外站着的是一个从来没见过的男人。”

“他介绍自己了吗？”福尔摩斯问。

“他说自己名叫史密斯，但我想应该是个化名。”

“是个大块头？”

“是的，先生。您认识他？”

“我认识他留在河岸上的印迹。”

“噢，据他所言，他听说我曾经在马戏团干过，尽管受了伤，仍然是个非常不错的高空杂技演员。我还以为他可能是另一个马戏团的，于是我就说是的，然后邀请他进来了。结果他很快让我希望破灭。他解释说知道我现在经济很困难，希望能够给我提供帮助。但是我还是很谨慎，因为他的提议似乎有些见不得人。

“当然，我现在意识到，当时应该立马请他出门的。但是，那个时候，曼尼病得很严重，我也已经黔驴技穷，于是心想听听他的提议也未尝不可。

“他说他对一副耳环很感兴趣。他知道它们的藏身之所，但就是拿不到，所以需要我的帮忙。他会带我去那个地方，我要做的就是进去，偷走它们，他会给我十英镑作为酬劳。

“噢，那可是相当可观的一笔钱，当我想到它能给我丈夫带来的所有益处……当然我没法为我的所作所为开脱。我当时就是绝望了。所以我参与了一系列的抢劫，最近的第四起发生在两天前的夜里。”

“这个叫史密斯的人，”福尔摩斯说，“他总是带你去抢劫案的现场吗？”

“是的，先生。他会突然到访，带着一幅下手目标的素描和一张五英镑的钞票。我将东西交给他的时候会拿另外的五英镑。”

“那么他从未提过他是雇主的身份了？他来自何处？”

“从没有，先生。除了手头的活儿，我们几乎不怎么说别的。他说这样对双方都好。”

“他有没有外国口音？”

“没有，先生。他是个正宗伦敦人。”她摸出了一条脏手绢，轻轻擦了擦眼睛，“我是一个傻瓜，两位先生，我要为此背上一辈子的负罪感。但是我挣的钱可以让曼尼少受点罪，可能这样说不对，但是我确实因此一点也不后悔。”

福尔摩斯皱了皱眉，思考了片刻。“你在玩一个非常危险的游戏，基德太太，”他接着说道，“一旦你被抓，或者你在这些行窃过程中掉了下来，受伤甚至小命不保，那你丈夫可就是雪上加霜了。但是，我理解你当初开始的原因。不过，我还是建议你不要再落入这个史密斯手里，无论你是多么需要钱。”

“他是个不那么友善的人，福尔摩斯先生，他可不喜欢被拒绝。”

“那么基德太太，告诉他有个叫夏洛克·福尔摩斯的人来找过你，并且言辞警告你下次再犯，就要将你送去见警察。告诉他我正在找他，如果他正常的话，应该会从此低调不少。”

“我会的，先生。”

福尔摩斯站了起来，“基德太太，你以前是个不那么聪明的人，我希望从现在起，你能认真想想你的教训。”

“我会的，先生。谢谢您的善解人意。”

“您先生现在如何，基德先生？”听到了又一阵持续的咳嗽，华生问道。

“恐怕不一定能撑到这个夏天了。”她挥泪说道。

“那么你挣的钱还是杯水车薪，如果可能的话，还是送他去医院吧，至少……”

“医院需要钱，医生。”

“可他也需要休息，清新的空气和营养，这样他才能有机会撑一撑。”华生犹豫了一下，然后说道，“我可以替你安排下，如果可能的话，你可以不用付什么钱。”

“施舍？”她轻蔑地问道。

“不是施舍，基德太太，”福尔摩斯说，“让我们称它为回馈，因为尽管你的回答不能帮我侦破这个案子，但成功地将真正的罪犯和他最重要的工具——就是你，鉴别出来这一事实，比破案更重要。”

“你已经尽力而为了，”华生轻声地说，“但是你的丈夫需要专业的看护，还是让我来安排吧。”

“好的，医生。”

“太好了。那我明天派人来接他。”

福尔摩斯拿起了帽子。“我们必须走了，”他突然说道，像往常一样避免流露出任何情感，“晚安，基德太太。”

他们离开了。

当他们穿过黑夜，向等着的马车走去时，福尔摩斯说：“老实说，华生，你真的能帮伊曼纽尔·基德获得免费的医疗？”

“我没把握。不过我还有点积蓄，而且……”

福尔摩斯笑道：“你是想自己负债，是吧？”

“你就尽情嘲笑我吧。但你是对的，你曾经叫我在弄清事实真相前，不要随意给这个贼下结论。”

“那么我们来共同承担基德先生的治疗费用吧，朋友。你那每天不到十二先令的微薄抚恤金也不够干什么的，而我虽然不是那么富有，但跟你共担还是绰绰有余的。”

华生感动于朋友的慷慨，斜着眼瞥了他一下，“其实，福尔摩斯，就像你时而睿智一样，有时你也非常仁慈。但是我还是要对你的智慧提出质疑。我是说，你让基德太太告诉这个史密斯你在调查他，这是个明智之举吗？”

“绝对的，”福尔摩斯说，“我想确保这个男人放了她。如果他认为我可能会通过她找到他，那么他就会离她远点。如果够幸运的话，他会就此消失。”

“但是他肯定是这个犯罪链的下一环啊？”

“不。我的感觉是和我们交锋的是一个非常谨慎的人。除非我弄错了，否则这个史密斯一定是通过一系列的中间人雇佣的。他对整个的计划部署肯定知之甚少。但是如果我们放出风声，让幕后主脑以为我们正在调查他们，或许可以用这个烟雾将他们逼出来。”

“就像你的那些蜜蜂，嗯，福尔摩斯？”

“正是。”

第十章

沉迷

华生第二天上午花了很长时间做着准备工作，以便将伊曼纽尔·基德转到圣马丽勒本医院，他在伦敦大学上学的时候就认识这个医院的一些工作人员。正如他所预料的，在给了运营医院的慈善组织——南丁格尔基金一大比捐款之后，入院安排进行得很神速。

他一步一拐地走回了贝克街，为自己感到很欣慰，他从走廊的桌子上拿了今天早上的邮件。肺结核怎么也不是致命的疾病，有证据表明大量摄入牛奶、奶油、鸡蛋、肉类和蔬菜——甚至生鸡蛋撒上一点雪利酒、辣椒或者盐——能够促进身体自然的抵抗力。但是就伊曼纽尔·基德而言，华生觉得可能是个长期、艰苦的斗争，自己唯一能做的就是希望他仍然有这个体力对抗病魔。

他进客厅的时候，没看见福尔摩斯的人影。他将自己的邮件放在椅子上，然后穿过客厅，将福尔摩斯的信件——其中有一份是美国寄来的、角都折了的报纸卷——放在了这位老友卧室门边。华生的房间在三楼。福尔摩斯那斯巴达式简朴的房间就在客厅壁炉边的那扇门后面。

“福尔摩斯！”他说，“你的信件！”

没有回答。

华生皱着眉，敲了敲门，“你还好吧，老兄？”

还是没有回答。

他迅速了扫一眼四周，看看福尔摩斯出门一定会留的便签。没有，他突然一阵不安。两人刚认识那会儿，福尔摩斯有时会连续几天隐居起来，一声不吭，后来他承认每次都是因为感觉抑郁。但是那都是因为没有能够让他全神贯注的有趣案子，所以无所事事。可是万一这位老友现在生病了呢？

“福尔摩斯？我把你的信拿进来了？”他隔着门喊。

还是一片震耳欲聋的寂静。他转身离去，告诉自己这位同伴可能只是像往常一样睡过了。但现在马上就要吃中饭了——即使对于福尔摩斯那波西米亚似放浪不羁的作息来说，这个点也有点晚了。

他回到门边，又敲了敲门，说道：“福尔摩斯，你没事吧？我进来啦。”

他打开了门，头探了进去。

福尔摩斯的房间基本上就是个书房：单人床，一张床边小几，一把直背椅和一个公文递送盒，除此之外几乎没有什么东西。意识到福尔摩斯一定是出门了，或许是从他私自在左手墙上设的出口走的，华生立马觉得没那么紧张了。他转身准备出去，这时他定住了。

“我的上帝……”他喃喃自语。

福尔摩斯在整个一面墙上贴满了俄莱娜的照片、报纸和杂志上剪下来的报道，还有大量手写的随笔，全部都是献给俄莱娜·蒙太古的。这里简直是这个女人的圣坛。

华生惊奇地摇了摇头。当然，寻找伴侣，是男人的本性。但是在认识福尔摩斯的这些年里，他只对一个女人动过真情，那就是美国歌剧演员艾琳·艾德勒。对于福尔摩斯而言，女人只是一种不得不忍受，用以应付和观察的物种，但绝不是用来爱的。然而，他对俄莱娜·蒙太古表现的兴趣已经更接近沉迷了。

华生又一次深思到底他对这位同伴了解多少。他对福尔摩斯的个人生活几乎一无所知，只知道他出生乡绅，有一个哥哥，叫迈克罗夫特，比他大七岁，在政府部门担任机密的要职。

从他自己的观察来看，福尔摩斯的行为完全可以用怪异来概括。他的个人卫生简直可以用有洁癖来形容，但对于将自己的烟丝放在波斯拖鞋里，雪茄放在壁炉边的煤桶里，他丝毫没觉得有什么不妥。对其他任何人来说，可能是杂乱的东西，对于福尔摩斯来说，反而是井井有条。有了新案子，他就会不遗余力、竭尽所能地去侦破。

但是没有案子的时候，他的精神就会立马萎靡，变得懒洋洋、沮丧气馁。这个时候，他就会在可卡因里寻求安慰，据他说这样可以振奋精神。但在华生看来，效果正好相反。平日里精神抖擞的福尔摩斯变成懒散倦慵的可卡因吸食者，每次看到这个景象，华生就觉得非常苦恼。

“你呆头呆脑地瞪完了吧，华生？”

华生吃了一惊，转过身，只见福尔摩斯站在门口。他支支吾吾，不知如何回答是好。“对不起，福尔摩斯。我不是……故意……闯进来的。我来给你送信，敲了门，没人应，于是……”他一时不知说什么好，“我不是在窥探你。”

福尔摩斯猛地拉了拉大衣的袖口，说道：“我从来没这样想过。”

“那就好，”华生拘谨地说，“但是，我还是得说……所有这些让我很吃惊。”他充满疑问地看了看福尔摩斯，“老兄，”他接着说道，“你还好吧？”

“我从来没感觉如此好过。”

“可是……我是说，嗯，我知道你对伯爵夫人有兴趣，不过这个……”他指着贴满照片的圣坛，反对地摇了摇头，“这太不合乎情理了，福尔摩斯。”

“正好相反，华生，在目前的情况下，这是最合乎情理的。”

“噢，你应该很清楚我对那个女人的看法，我看不出她有那么大的魅力。”

“那么我们就此打住，”福尔摩斯建议道，他伸出手，“麻烦，我的信。”

“啊？哦，来，给你。”华生转过身，大步走出房间，关上了身后的门。

福尔摩斯研究了这些信封，然后扔到一边，打开了报纸外面的棕色纸封套。他坐到床上，摊开报纸，然后快速地浏览了头版。《堪萨斯星报》的横幅下面，标题写着“英国贵族迎娶舞厅女王”。

标题下面是俄莱娜的照片，穿着一件低胸礼服，满脸微笑，身旁一个年长很多的男人——蒙太古伯爵鲁伯特正在给她戴上一条钻石项链。

福尔摩斯皱了皱眉：舞厅女王？

他接着往下读：

根据考彬小姐所在的女皇沙龙的经营者所言，伯爵用钻石赢得了美人的芳心……

“我打赌一定是这样。”福尔摩斯喃喃自语。

他看了看圣坛，定睛在剪报上。有些是比较新的，其它的都年久发黄，刊载的照片上全是俄莱娜和其他身份相当的女人们——宾厄姆夫人、奥尔科特男爵夫人、韦克菲尔德公爵夫人、达灵顿-怀特夫人和其他一些夫人——她们在彼此的家里饮茶。

第十一章

幕间休息

第二天一早，俄莱娜睡眼惺忪的时候，她摊开胳膊在床上摸了摸，希望能触碰到旁边杰西那健硕舒展的裸体。但是她能摸到的只是冰冷的传单，她睁开眼，发现他已经走了。

她失望地坐起来，四周望了望。天还早，7点左右，但是太阳已经照得蕾丝窗帘闪闪发亮了，在地毯上投下斑驳的影子。

“杰西？”她喊道。

没人应。

“杰西？”

还是没人应。她立马觉得不安起来。昨天晚上自从福尔摩斯和华生走了之后，他就一直心情阴郁，就搜寻利吉特兄弟而言，除了自己，他不愿意相信其他任何人。

“谁说福尔摩斯不会去报警，告诉他们杰西·詹姆斯就在城里，正在伺机杀两个人？”他说道，在壁炉前愤怒地踱着步子。

“你听见他说的了。他是不会眼睁睁看着我给凯奇·利吉特一枪的。”

她的脸上有些忧郁。她知道他是不会习惯羁绊的——即使是对他有益，而且很惬意的羁绊。信任也不会来得那么容易。但是如果她不赶紧做点什么，他可能下一秒就要拿上自己的东西，走出她的生活，毅然决然地去杀凯奇·利吉特，然后再面对可能的下场。

而这是她最不想看到的。

“你不了解福尔摩斯，否则你就不会这么说了，”她嗔怪道，“他可能并非完美的人，但绝对光明磊落。”

“你总是这样说。”杰西厉声说道。

“就是因为你总是听不进去别人的话。瞧，”她温柔地补充道，“我知道你现在有些受挫而愤怒，我不怪你。如果是我，恐怕也会这样。但事实是福尔摩斯显然从一开始就知道你是谁，却一直没有向警察告发。”

“目前没有而已。”杰西板着脸嘟囔着说。

俄莱娜叹了口气。“好吧，”她有些疲惫地说，“眼下，你可能不相信福尔摩斯，但你总得相信我吧。”

“我相信你，”他说，“而我不知如何感谢你对我的帮助，俄莉，但是……”他沮丧地不知道怎么说下去，只好继续踱着步。

她走了过去，决心继续在早前军械库里那个半途而废的吻。“忙了一天，”她安慰说，“你现在就像离水之鱼，不得其所。你需要早点上床。这样你能好好放松，美美睡一觉。”

他听出了她的意思，拉住她的胳膊，往身边一拉，“‘早点上床’听上去正是我想要的。”

尽管有些心神烦乱，但他作为情人，却是热情似火，殷勤体贴。两人对床上活动都非常满意，但是她知道即使是在激情燃烧的过程中，他身体里的焦躁不安还是没有改变。眼下，这个早晨，他失踪了，她担心的是他去做什么傻事了。

她起床，简单洗漱，匆忙地穿上白色的仿男士衬衫，红色的斜布文裙子和高帮系带靴子。她匆匆穿过屋子，一边问仆人有没有见到霍华德先生。结果每个人都摇摇头，直到她在屋外找到了她的马倌，哈利特。他点了点头，指着围场边上的一排马厩，回答说：“夫人，我最后一次见到他时，他正在欣赏马匹。”

俄莱娜冲到马厩那儿，立马停住了脚步。她看见杰西坐在第一间马房里，靠着墙，漫无目的地把玩着一个马勒。

她叹了口气，悬着的心放了下来。正准备告诫他不要再擅自离开，她看到他低垂着肩膀，愁眉不展地坐在地上，内心突然对他泛起了同情。

“想家了？”她跪在他身边问道。

他咕哝了一声，似乎对自己的心情也倍感厌恶，“看起来很明显，嗯？”

她无比怜惜他。她在他身边坐下，伸出手，轻轻地将他拉到身边，耳语道：“想家也不是什么可耻的事情。我无时无刻不想家。”

“对你来说无可厚非。有了你现在这一切，谁不想用它来换堪萨斯的万顷良田？”

“杰西，我相信这一点。但是此刻我只要一个能眺望玉米田的小农场就非常满足了，只要你能一直在我身边。”

他把马勒放到一边，转向她，轻抚了一下她的面颊，“不要这样说。”

“为何不？”

“因为和我这样一个独行者混在一起是没有未来的。见鬼，有的时候我觉得毫无未来可言，就是这么回事。”

“胡说！未来要靠我俩一起创造。一起！”

“伯爵夫人和火车劫犯杰西·詹姆斯？我们还真能成挺滑稽的一对。见鬼，这样我们就会成了所到之处的谈资。”

“除了火车劫犯，你还可以有其他的身份。”

“譬如农民——种田人？不，谢谢。正是耕作将我老爸逼去加利福尼亚淘金了。”

“你父亲是个探矿者？”

“开始是农民，后来变传道士，最后成了探矿者。”

“这还真是个很奇怪的组合。他变富有了吗？”

“没有。都没找到足够的零钱让钱包鼓起来。”

“那挺糟的。但是他一定是个不错的传教士。就我所知，金矿里的那些矿工很需要一切能够听到的传教。”

“或许吧。但是他们不是从老爸那里听到的。他只讲了几个月，然后死于高烧。”

“对不起。”

“不用。他出走的时候，我还只是小婴儿，所以他的离世对我没有任何影响。但它教会了我一件事：绝不要当个农夫。”

俄莱娜想了一会儿，反复思忖着杰西刚刚所说的那些话。然后她像是做出了决定，站起身，牵起他的手，“来，霍华德先生。我想让你见个嘉宾。”

“不是另一个福尔摩斯吧，我的天。”

“绝对不是。你和公爵绝对会相处融洽的。”

她领着他走在清晨的阳光里。在马厩遥远的另一头，哈利特正在给另一排马坊施厩肥，替换垫草。她朝他喊了一声：“我想让他见见霍华德先生。”他转过身，应她的要求，去请公爵出来。

哈利特脱下帽子以示敬意，然后走进了最后一间马房。过了一会儿，他牵着一匹纯种公马迈进了阳光里。杰西轻轻地吹了声口哨。无论怎么看这匹马都是极其健美的。它肩膀离地有十七手[①]之高，锐利的双眼充满善解人意的智慧。

马倌将马交给杰西，杰西目不转睛地欣赏着它的矫健。

“这才是真正的马。”他说。

“先生对马有些了解，是吗？”哈利特礼貌地问。

“不假。”杰西回答说。他在马脸前面挥了挥手，测试了一下它的视力，然后检查了它健硕的胸部，肩胛骨间隆起的鬐甲，腿部和马蹄。

“啊呀，霍华德，”俄莱娜顽皮地说道，“看你如此仔细，我还以为挑马事关生死呢。”

杰西笑了，但没有开口。他正全神贯注地看着这匹马。它此

① 一手=四英寸。

刻正低着头，调皮地蹭着他的胸部。

杰西被逗乐了，他很喜欢它丝绒般柔软的鼻子。“有些躁动吧？这就是这些公马的麻烦之所在，”他转身对俄莱娜说，“它们看上去很好，但是生性狂野——深不可测。”

“就像我认识的某人。”她取笑道。

杰西往后退了退，然后欣赏着马的线条。“不错，”他最后说，“你长相英俊。让我们来看看你是不是有内涵。”从哈利特手里接过缰绳，他抓住马儿平滑的长鬃，晃荡着上了光溜溜的马背，踢了一脚，马儿开始疾驰。马儿越过了庭园，随着“嗒嗒”的马蹄声，砂砾四处飞散，有的都蹦出了草地。

很明显这个男人和这匹马相处融洽。杰西趴在公爵那一仰一合的大脑袋后面，背伸得笔直，它带着他穿过了草地。在草地的另一边，他转过了马头，马儿“隆隆”地奔向俄莱娜。最后一刻，他突然在她身边绕了个圈，然后钻进了一片栲木林里。几秒钟，他再次现身，身下的公爵像是充满电一般，眼睛圆睁，鼻孔张大，鬃毛飘扬。他们俩向马厩奔来。杰西骑着公爵返回庭园，马蹄踏着砂砾，“嘎吱嘎吱”直响。马儿还在跑，骑马之人却飞身下了马。

“完好带回，”他说道，将手里的缰绳交给哈利特，“他稳如磐石。”

俄莱娜看着他，眼里藏着点点神秘。“这正是我想听到的。”她说。

第十二章

照片中的故事

四天之后的夜晚，查理·普尔，这位五十岁的守夜人，走进远眺圣凯瑟琳码头的三层大英仓储大楼，默默地准备开始又一个八个小时的轮班。

他怎么也没想到这会是他最后一次值班。

查理曾经是个敦实的矮个子，有着宽阔的肩膀和栗子般又大又硬的指关节。早年他曾经在阿伯德尔的家庭拳击赛场上对弈过所有的参赛者，那时他参加过成百甚至上千场比赛。

每一次比赛的痕迹都历历在目，影响深远。他的脸上布满疤痕，鼻子都被击扁了，而耳朵则变成了黏在头两侧的两块模糊的畸形软骨组织。他挨的每一拳也对大脑产生了影响，思维开始变得迟缓，以至于连简单的抓握都越来越难以胜任。即使他表现得那么招人喜欢，但反应变得迟钝，没有人愿意雇一个这样胜算寥寥的拳击手，而且面对的还是年轻、健壮和斗志昂扬的对手。

所以查理不得不搬到东部，在仓储大楼里找了份工作，活儿非常简单。大部分的夜晚，在一楼靠后很远的地方，他都舒服地坐在火盆旁边，打着盹度过整个晚上。连老鼠奔忙于茶叶箱之间，发出连续不断的“吱吱”声对他来说都成了催眠曲。

今天晚上，他将牛眼灯挂得比平时高了一点，然后打开了他在上班路上捡的一张《伦敦新闻画报》。他不太识字，但是《伦敦新闻画报》就是这样的报刊—— 图片多——他喜欢看这些个图片。

大英仓储大楼里整天波澜不惊，他压根没想过今晚会有什么不同。他把杂志放在大腿上，掏出一把很旧的小刀，熟练地削着苹果皮，那是他每晚必吃的夜宵。这也是他的晚间仪式之一：连续不停地削苹果皮。最后，一长串螺旋状斑驳的皮从苹果上掉落下来，他露出了满意的笑容。

他至少还有一件擅长的事。

他听见身后一声细微的、窸窸窣窣的声响。这些傻瓜老鼠比往常更莽撞和躁动了，他想。他转过身，准备把他们吓跑——却发现并不是这些老鼠的声音。

他瞥见了一个穿黑色帽子的男人，一只手举着一根棍子，还有……

棍子击中了查理的前额，他往前一趴，从椅子上摔了出去，顿时失去知觉。

袭击者在他身边站了一会儿，欣赏着自己的杰作，然后摘下了帽子，原来是杰克 · 利吉特。他吹了声口哨。几个人影从他背后的阴影里露出了脸——艾尔菲 · 亚当斯，紧跟其后的戴斯蒙德·欧理瑞和奥尔文尤·韦德洛克，他们都推着推车。

“开始装货，”杰克命令道，“不要落下什么东西，要不然凯奇会剥了你们的皮。”

他们开始动手，杰克看到了那个削了皮的苹果。他拿了起来，抹了抹灰，正准备咬上一口，这时他注意到了另一个东西——守夜人还未来得及看的杂志。他捡起杂志，朝牛眼灯那儿凑了凑，这样图片能看得更清楚点。

过了一会儿，他轻轻地咒骂了一句。他的兄弟需要立马知道这件事——马上、立刻、现在。

凯奇·利吉特正伸开四肢躺在床铺上，这是一间九平方英尺的住处，位于一艘废弃的驳船上，他们来伦敦不久就栖身于此。整个屋子里，两个床铺就占了不少地方，加上矮顶，这个集厨房、娱乐室和卧室于一身的狭小空间，在原本就散发着煤味和农副产品味道的地方显得更加破烂不堪。这艘船曾经在英国的运河沿途运送货物。很多年里，它都能有盈余。后来，火车陆运更加便宜，驳船就被丢弃在泰晤士河的东岸，任其生锈腐蚀。当初他和杰克都对自己说这一切都是暂时的，但是飞黄腾达之梦一再拖延，现在他们还是困在这儿。

像往常一样，凯奇·利吉特怀疑自己当初离开美国是不是太心急了点。如果他还待在原地，让不法之徒杰西·詹姆斯像威胁的那样放马过来，他或许能将其伏击在地，这样他就可以恢复以前威震一方的名声了。事实是，他一时惊慌，逃往了纽约，谁知收到风声说杰西已经追上来了，于是他又慌不择路地到了英国。为了不留下蛛丝马迹，他甚至没有将来意告诉自己的兄弟。他用假名买了一张船票，然后就现身利物浦，花了好几天的时间才找到杰克。杰克因为在纽约抢了银行，才从那儿逃离，但是他们走到一起，又重出江湖，搞些小偷小摸的勾当。

但是他现在如何呢？尽管怎么也不愿相信，但杰西·詹姆斯似乎已经一路跟踪到了这里。艾尔菲和其他人的描述让他觉得杰西的步步紧逼就在眼前，实在是寝食难安。但是直到能进一步确认事实，他所能做的除了行踪隐秘，就剩下焦虑了。

自从袭击萨缪尔家带来一系列恶果之后，他就一直殚精竭虑。他一直很确信这个举动会迫使杰西这个暴脾气的家伙，一改平日的警惕，再也坐不住、藏不了。然后，他就给这个狗杂种一点厉害瞧瞧！

但是杰西决意要玩一玩猫抓耗子的游戏，等待像一把钝刃刀，正在不疾不徐地反复切割着凯奇的神经。

他陷入了对往事的回忆中——一下回到了那个夜晚，在那个国度，他体内的紧张正和罪恶的兴奋和期盼交织、拉扯。

他命令手下下马，他们蹑手蹑脚地穿过黑暗前行，直到树木变得稀少，他们看见了萨缪尔家的房子。这是一间一层镶木边的屋子，建在树林的边上，有一个前廊，两侧是谷仓和畜栏。屋子里的灯是亮着的，透过拉着窗帘的窗户，他看见客厅里人走来走去的侧影。

凯奇一心想要行动，这时他掏出了一只雪茄，点着了。在他身旁，一个手下蹲在谷仓的影子里，耳语道："你确定你要这么干，利吉特先生？万一像我们一直听说的那样，杰西和弗兰克在劳林斯伯特，那我们这可是伤害他的家人。"

“他们就在里面，”凯奇回答道，尽管事实上，由于将詹姆斯兄弟置于死地之心如此的迫切，他已经无所谓他俩在不在里面了，“他们每次抢完，就回到老母亲这儿来，以便吹嘘自己如何聪明。”

他缓缓地向着谷仓移动，提高了嗓音：“杰西！弗兰克！我们知道你们在里面，你们已经被包围了！赶紧举起双手出来，我保证不会有人受伤。”

他们等了一会儿，但是毫无回音。又过了好一会，窗户里的灯灭了。

“他们准备放手一搏了，”他神色紧张地低声说道，“好吧，这样正好。”

好几分钟过去了。他和手下等着、盯着，但什么也没发生。又过了五分钟，他掏出了之前一直放在夹克衫下面抱着的燃烧罐。罐子外面包了一层布，浸满了煤油。“传话下去，”他怒发冲冠地低声说道，“只要杰西和弗兰克露出半个身子，立马开枪打死他们。”

“那是谋杀！利吉特先生！”

“不，埃美特，是正义！詹姆斯兄弟把我当傻子愚弄，简直成家常便饭了，我今晚可不会再被他们愚弄了。马上传话下去，该死！”

他将雪茄烧红的烟头对准炸弹上的两根导火索，等它们着了，蹑手蹑脚地走向屋子，直到距离近得足够听见客厅里传来的低语声。

他听到的最后一声动静是从厨房窗户里传来的一个小男孩

“咯咯”的笑声，然后他就将炸弹猛掷了出去。

玻璃被击碎的声音比预想的大多了。屋里立马一片混乱，响起凌乱的脚步声。过了一会儿，传来了一声爆炸的闷响，地都被震得直晃，剩下的窗户玻璃也被震碎了。

燃烧罐爆了，而他当时不知道屋子的惨状。罐子的碎片正好穿过小阿奇·萨缪尔的胸部。杰西的妈妈，泽瑞达右胳膊被炸飞，惊声尖叫。

凯奇意识到自己的这一步跨得过猛，于是匆忙跑进了树林，远远地看着那个女人紧握着自己的断臂，她的丈夫雷本和一个黑奴跑出了屋。

没有杰西的影子，没有弗兰克的影子。

当他们发现屋子后面着火，并且火势迅速蔓延之后，尖叫声和呐喊声四起。他后来得知，燃烧罐点燃了萨缪尔家贮藏室里的煤油。

他和其他人看着他们扑灭了大火。大家都一言不发，也没有帮忙的任何举动。事已至此，伤害也无法消除。他最希望发生的就是大众对杰西的胡作非为已经忍无可忍，这样他们就会将这次袭击看成一件好事。

他们没有。

在接下来的几周里，泽瑞达·萨缪尔告诉每一个愿意驻足聆听的人，这个针对他们家的恶毒袭击原本想杀死家里每一个成员，将屋子烧成平地，毁坏所有的证据。尽管平日没少因为杰西的劫掠而受害，头脑简单的他们这次相信了她。

对于杰西和弗兰克的同情很快席卷了整个州，凯奇·利吉特的名字变成了“人渣”的代名词。他本以为艾伦·平克顿和广大民众会为这场针对杰西的袭击拍手称快，结果却恰恰相反。更糟的是，杰西放出话来，要让凯奇解释发生的一切，而且很快就会找上门。

顺着摇摇欲坠的码头一路下来的匆忙脚步声打断了凯奇的思路。他一把抓起牛角柄的刀，这把刀本原本是布莱克雷特·林奇的。握住刀，他藏在了门后，准备给来人一记痛击。

来人却是他的弟弟，看到凯奇拿着刀向自己扑过来，他赶忙往后跳开了。

“喂！住手！”杰克叫道，“是我。不过，你还是最好时刻握紧刀，”他补充道，“因为马上就要派上用场了。”

“什么意思？”

杰克将《伦敦新闻画报》摔到桌上。凯奇捡起来，打开了折起的那一页。那是社会版，是一篇关于社交聚会的报道，标题写着“美国客人技惊蒙太古豪宅”。文章里有几副图，每一幅上面都是一位重要的客人。杰克指的是一个正在快速旋转绳索的男人。

凯奇把头凑近了一点，更近了一点。一股凉意袭遍全身，他的肚子都不自觉地收紧了。

那是杰西·詹姆斯无疑，他下方的说明文字写着“来自密苏里的托马斯·霍华德先生”。

凯奇愤怒地将刀扎在桌面上，“没错，就是他！肯定是平克顿的哪个狗杂碎告的密！”

“一定是这样，”杰克阴沉着脸说，“不过，这没什么道理。如果杰西狂追一路来杀你，为什么他还表演这些见鬼的绳索把戏，然后还任凭别人给他画像？”

“我不知道，”凯奇怒吼道，“我也管不了。唯一重要的是我们要在被他找到之前找到他。”

“我们？”杰克反驳道，“他为什么要杀我？我都没见过他。”

“因为你是我该死的兄弟！这个理由对杰西来说够充分了。见鬼，有一次就因为杰西的马把他撂了，他拿枪要射一个大笑的道尔顿帮人，弗兰克不得不阻止他。”

杰克脸变得煞白，说道：“那我们还是找个好法子，伏击这个混球，快点。”

凯奇摇了摇头，“不，对于杰西来说，伏击都够危险的。如果事情有什么岔子，他有机会拔枪……”话没说完，他满腹心思地躺倒在床上。

屋外，水流慢慢变得汹涌起来。这破旧的驳船“嘎吱”作响，随着起伏的河水击打两侧，它发出了类似呻吟的声音。

“要不然我们还是跑路吧，”杰克说，“欧洲是个很容易迷路的地方。”

“还北极呢！我可不想去那里。”

“好吧，澳大利亚如何？我听说那儿地方开阔。牛群啊，羊群啊，那里牧场好多的，全是牧工和牛仔经营的。”

“对，不假。他们全都躲过了英国佬的审判，”凯奇说，突然他脑中闪过一个念头，起身说道，“有了！”

“有什么了？”杰克说着，迫不及待地往前倾去。

“搞定杰西的办法。”

“我听着呢……”

“我们要给这个卑鄙的混蛋设个套。”

“怎么设？”

凯奇只透露了一点：“相信我，小弟。我们要狠赚一笔了，与此同时，苏格兰场会为我们搞定这个托马斯·霍华德。”

第十三章

持枪抢劫!

新一天的忙碌开始了。位于伦敦中心的金融城里矗立的基本都是金融机构，眼下正一片繁忙景象。办公室职员们匆匆忙忙地来来往往，穿过狭窄的鹅卵石街道，躲闪着公共、四轮、双轮双座等各式马车。清洁工们也出动维护街道的清洁，开始了和马粪永无休止的战斗。

生活的节奏是紧张纷乱的，好像这样才能配得上世界商业和贸易中心的美誉。所以，很少有人在意上街上出现的五位骑手，他们身着棉质纽扣式防尘长外衣，戴着黑色宽边的斯泰森牛仔帽，随意地沿犹太街闲逛。最后，就在克鲁斯比·希尔斯银行门口，他们都下了马——其中两个显然对这些更在行。

四人将手中的缰绳交给了第五个人，那是个不停擤鼻涕、擦鼻子的小个子。他们的眼睛四处张望。尽管这个早晨明媚又干爽，但是阳光很难在这些红砖的高楼大厦里直达地面，于是街道沉浸在阳光的阴影里。过了好一会儿，领头人点点了头，发出了号令。于是除了那位已经奔赴岗位的看马人，其他所有人都用围巾遮住了脸，走进了银行。

他们穿过好几个门，闯进了这间装饰华丽的大厅，防尘衣拍打着他们的腿肚子，靴子“哒哒”地踩着地砖，员工和顾客们都吃惊地转过头。

劫犯们掏出了左轮手枪，对准了所有人。

“你们，”领头人咆哮着冲顾客说，“全体趴在地上！”

惊魂未定的顾客们照做了，女人们尖叫起来。一个胖胖的老妇人，脸色惨白，僵在原地，几近昏厥。男人们则僵直着身体，其中一位壮着胆朝抢劫犯迈了一小步，领头人挥了挥手里的枪，逼着他爬了回去。

“接下来，谁要不按我说的做，就毙了谁。”领头人咆哮道，“现在所有的人都趴地上，见鬼！”

顾客们纷纷响应，领头人转向惊慌失措的出纳员，他们站在柜台后方，双手高高举起。

“你们这些家伙赶紧把所有的纸币都交出来，要不小命不保，明白？”

几个出纳紧张地点了点头，其他几位瞪大了眼，盯着这些抢劫犯。时间仿佛凝固了，大家都僵住不动。领头人举起自己的武器，对准了离他最近的出纳，这是一个瘦削脸的年轻人，长着油光发亮的黑色头发和黑眼睛。

“听见没，蠢货！”

这个出纳也同样瞪着他，害怕瞬间被气愤代替。他准备抵抗，但是还没等他张嘴，经理从他身后的门边蹦了出来。“快照他说的做，马丁！”他命令道，“你们其他人也照做！”

出纳们立马掏空了他们的现金抽屉，其他几个劫匪跨过趴倒在地的顾客，拿出黄麻袋，让他们把钱扔了进去。

领头人朝门口瞧了一眼。屋外，牵马人仍在往街道两边张望，偶尔擦下鼻子。

至此“幸运之神”还是站在他们这边。

“快点，你们这些白痴！”

抢劫犯们抓起刚装满的麻袋，飞奔到前门。领头人的枪仍然对着顾客和员工，缓缓地走在另外几位劫匪的身后。

“伙计们，我们现在要走了，要是谁敢跟着我们，我就送他一张地狱的入场券。”

他转过身要离开的时候，其中一个手下大声地耳语道：“等等！保险箱还没抢呢，杰西！”

“闭嘴，你个白痴！”领头人咬牙切齿道，“现在他们全都知道我是谁了！”

那个人吓得蜷缩了起来，像是害怕挨子弹的样子，忽地从门里逃了出去。其他几位迅速地跟上。

只剩领头人嘲讽地向着顾客和员工敬了个礼，“女士们、先生们，詹姆斯兄弟向您表示感谢！”

瞄准了半球形吊顶下面悬挂的水晶枝形大吊灯，他连开两枪。子弹打断了链子，吊灯颤抖着掉在地砖上，砸得粉碎。水晶的碎片四处飞溅，女士们这下叫得更响了。

过了一会儿，领头人走了，跃身上马，和他的手下扬长而去。

现在是午饭时间，华生匆忙地走进了贝克街上的住所。“福尔摩斯，”他边喊边走到窗户边福尔摩斯身旁，“福尔摩斯，你绝对不会相信这件事！”

“你指银行抢劫案？”

华生顿时像瘪了气的气球，将《泰晤士报》和《图片报》扔到椅子上，“我想，你已经看过报纸了吧。”

“没有。不过你看，窗户是开着的，我听到了报童的叫卖声，正等着你回来，商量一下对策呢。”

“那么，你一点也不惊讶？”

“不，我一直在期待这样一个转机。”

华生轻蔑地摇摇头，“我就知道不能相信那个家伙。”

“一次为贼，终生为贼，嗯？”

华生听出了讽刺的意味，有点不悦，“我承认在基德太太的案子上我犯了错误。但是杰西·詹姆斯是个漂泊多年的不法之徒，明显是个累犯。另外，你是无法辩驳事实的。”他指着扔到一边的报纸，上面有个标题写着“詹姆斯团伙洗劫伦敦银行”，另外一个标题是“杰西·詹姆斯恐怖袭击伦敦”。在每个标题下面，都有一幅杰西的照片。

“这些是‘事实’？”福尔摩斯问道。

“据现场目击者所说，是的。”

“那么我能否提出质疑，事情并非看上去那样？除此之外，杰西·詹姆斯到此是为了解决与利吉特兄弟的私人恩怨。我认为他不可能一时心血来潮，做出这么冒险的事情，无论他是怎样一个累犯。此外，此案一共有五个劫犯，那么他从哪儿招募的其他四个同伙，而且还是这么短的时间？不，华生——肯定不是杰西·詹姆斯作的案。”

“那么是谁干的？”

福尔摩斯还没来得及给出答案，敲门声响起：“请进。”

是哈德森太太。“对不起，打扰您了，福尔摩斯先生，不过这个讨厌的叫威金斯的男孩，给您留了个口信。”

福尔摩斯瞬间来了兴趣，“什么？”

“他说‘没意思’。”她回答道。

福尔摩斯点点头，明显很失望，“谢谢，哈德森太太。”

华生等房东太太一走，赶紧继续刚才的问题，“福尔摩斯，你是说抢劫案是利吉特兄弟干的？”

“这比说是詹姆斯干的更可信。”福尔摩斯回答道，“但是如果我们自己来弄清事实真相呢，让我们来梳理一下。劫案是在犹太街发生的，属于伦敦警察局希兴巷辖区。于是这件案子就到了巡官法尼的手上，他可是个目光不那么长远的探员。”

“无论如何，”华生说，“我们去查清真相吧。”

他们到希兴巷警察分局的时候，雅各布·法尼巡官正在穿外套，准备出发。这位络腮胡的大块头警察抬头看见了他们，尽管很匆忙，还是热情地和他们握了握手。

“意外光临，有些惊喜啊，”他说道，这是一个中等身高，体积相当庞大的人，约摸四十岁，似乎不太擅于把自己收拾得整整齐齐，“什么风把你吹来了，福尔摩斯？你们最好快点，我急着去抓一个罪犯。”

“今天早上的劫案有进展了？”

“是我对抓捕行动很自信，”法尼说道，惊讶地摇了摇头，“你知道，我甚至都没想过詹姆斯兄弟会在英国！但是让将他绳之以法的人扬名立万也未尝不可。”

福尔摩斯嘲讽地笑了笑，“毫无疑问，是在一封匿名密告信的帮助下了？”

“你怎么知道的？”法尼怀疑地问道。

“我能看看信吗？”

法尼犹豫了片刻，然后勉强地从他凌乱的桌子上，拿起了一个马尼拉纸文件袋，递给了他。福尔摩斯打开文件夹，里面是一页米色的厚便条纸。白色的信封用一根大头针别在信上。信封口随意地塞进了信封里面。信上认真地写着整齐的字：逃犯杰西·詹姆斯目前藏身于俄莱娜·蒙太古位于里奇蒙德的住所内。

签名是：热心市民。

“谢谢大英的民众，”法尼说，“他们从不让你失望。”

“这是个美国人写的。”福尔摩斯说。

“嗯？你怎么看出来的？”

“这个短语的不同，”福尔摩斯说，“‘藏身’是美国人的说法，我们一般只用‘躲藏’。顺便问下，”他补充道，“这封信什么时间送到的？”

“大约二十分钟前。还有，不劳烦你张嘴，不，先生，内勤队长没有看见送信的人。”

“你还是要采取行动？”

“我可耽误不起，先生。”

“那是，但是你知道这只是个诡计——一个为掩盖罪行而伪造的事实。”

“我对此并不知情，先生。”

“那告诉我你知道什么，巡官。”

法尼正想告诉他们，自己整装待发，转念一想，改了主意。毕竟，这是夏洛克·福尔摩斯，一个他一向极其尊重的人。另外，他有种不安的感觉，那就是结案前他可能需要福尔摩斯的帮助。他简短地讲述了目击者提供的情况。

“那么，我们来澄清下事实，”福尔摩斯说，“至少有两个劫匪有美国口音，经理和员工知道劫匪的身份，是因为首先，其中一个劫匪不小心说了‘杰西’，其次，这个叫杰西的人又称自己和同伙是‘詹姆斯兄弟’？”

“是的。”法尼说。

“这个对你来说有没有点……太蠢了？蠢得太明显了？”

“并没有，先生。我们激动的时候都会说漏嘴。”

“那么他们为什么不厌其烦地戴上面罩？”

“一贯如此？”

福尔摩斯的薄嘴唇抿得更紧了，“银行损失了多少？”

“接近一千英镑，先生。”

“而提供罪犯信息，帮助破案的赏金不会低于一百英镑。”

“确实不假。”巡官确认道。

“而你的这位告密者宁愿匿名，放弃这笔客观的酬劳？”

“或许他有社会良知，先生。又或许将罪犯绳之以法本身就是最大的酬劳？”

“或者他只是搞了个恶作剧，好让伯爵夫人颇为尴尬。”

“伯爵夫人，”法尼反感地说，“我们对她那是相当了解。”

“我们听到的不过是谣言而已。”福尔摩斯纠正道。

“是的，谣言。不过我的经验是，无风不起浪，福尔摩斯先生。像她那样的女人会不会明目张胆地收留逃犯？我认为并非不可能。所以，我要去一探究竟。”

“那是自然。我只是希望你能谨慎行事，巡官。伯爵夫人是我的朋友，我不想看到她因为这件事名誉受损，痛苦万分。”

“我会非常谨慎的。”法尼承诺道，激动之余把谨慎说成了“惊声”。

“我想请你帮个忙，”福尔摩斯说，“让我们一起去。”见法尼有些犹豫，他补充道，“看到朋友的脸，伯爵夫人可能会更合作。”

法尼觉得有些道理，说道：“我也是这样想的。你们肯定得陪我去，福尔摩斯先生。对你的帮助，深表谢意。那么，容我安排一下马车……”

他赶紧冲出办公室，开始大声发号施令。

华生平静地说：“你觉得陪他去明智吗？我是说我现在承认詹姆斯在这个案子里确实是无罪的，那么我们是不是需要给他提个醒。我们原本可以溜走，然后发个电报，又或者……”

“不，华生。如果之后电报被发现了，我们就涉嫌妨碍司法公正了。我曾经好几次不得不求助律师，所以我们俩谁也不愿意发生这样的事。我们只能希望伯爵夫人和杰西·詹姆斯像我们料想的那样足智多谋。”

法尼缓缓走进房间，“准备好了吗，先生们？十分钟后四轮马车和黑色的囚车就会在正门等着。”

第十四章

搜查

接下来的一个小时里，他们三个人在四轮马车里济济一堂。身后是两匹健硕的马儿拉着一辆黑色囚车，满载着身穿制服的警察。

他们到蒙太古庄园的时候，已经是下午3点左右。管家领着法尼、福尔摩斯和华生来到了图书室，俄莱娜正在火炉边等着他们。她看起来优雅万分，充满魅力，见到他们非常高兴。可是听说巡官来的目的是为了搜查她的房屋，她显得很吃惊。

“巡官，你必须明白说我窝藏一个远近闻名的罪犯，而且居然还大肆款待他，这种想法实在是太荒唐了。”

“当然，我的夫人，”法尼恭敬地说道，“给您带来不便，我必须向您道歉。但是我不能对收集到的情报无动于衷。这就是为什么我必须请你同意我搜查这间主屋和所有附属的屋子。”

俄莱娜看着福尔摩斯。“这是你的杰作吧，福尔摩斯先生？”她气愤地问道。

“不是，伯爵夫人。首先，并无詹姆斯先生藏身英国的证据；其次，也没有证据表明他犯了什么罪行。我认为有人正在误导警察，开了一个荒诞的玩笑，或者就是想让您倍感尴尬。”

她微笑看着福尔摩斯，如释重负，他和华生都看出了这一点。福尔摩斯没有背叛杰西，其实她原本也没有认为他会那样做。但是杰西自己一直这样以为，这一点也无可厚非，因为有他那般生活经历的人，很难相信别人。她不应谴责他的多疑。

但是她也差点没忍住。杰西听闻“詹姆斯兄弟”的劫案，像是被棍子戳中，立马从椅子上跳起来；警察的两辆马车坚定地沿车道一路小跑，刚出现在树林附近的时候，马具发出的最微弱的声响都让他警惕万分。

“你在等什么人吧？”他问她。

“没有。”

“是警察，不是吗？”

“是的。”

“该死的福尔摩斯！他出卖了我！”

“没有，杰西，你不知道……”

“我是绝不会束手就擒的！”

“不，不，请不要这样，不要交火！”

“我别无选择，”他说道，生气地指着桌上那张午报，“我绝不会承认莫须有的罪名。”

她突然有了个主意。“其实或许你有的选……”她用力拉了下旁边的拉铃手柄，没一会儿，福特汉姆敲门进来了，“夫人，请吩咐。”

“你去把霍华德先生屋里的所有东西都拿出去藏起来。”

管家只是微微扬了扬眉毛。

“警察这就要到了，我怀疑他们认为霍华德先生与今天早上克鲁斯比·希尔斯银行的抢劫案有关。”

“可是霍华德先生今天一天都没离开这儿，夫人。我愿意作证。”

“谢谢你，福特汉姆。但是直觉告诉我，这还远远不够。现在请按我说的做。哦，让仆人们不要提及霍华德先生。”

“好的，夫人。”福特汉姆毫不迟疑地说。他们听见屋外马车停驻的声音，他补充说道：“我去开门，夫人，一切交给我。”

“谢谢，但是请抓紧。我只能拖延一会儿。”

福特汉姆快速地走了出去，这时杰西说：“我呢？我可不像箱子那么好藏。”

“这里地方很大，赶紧到庭园里找个地方藏起来，警察走之前，绝对不要出现。”

“我做不到，”杰西说：“如果他们找到我，就会连累你。相信我，被冤入狱的滋味可不好受。”

“那么就让他们找不到你，”俄莱娜说着，将他拉近，动情地吻了他，然后将他推向了法式落地窗，“去吧，亲爱的。照我说的做，赶紧！”

杰西走了。

此刻，面对法尼的搜查要求，她回答道：“我想你是带了搜查令吧，巡官？”

“没有，夫人，”他说，“但是如果需要，我可以去弄一张。最好还是不必走到那一步吧。”

“没必要，”俄莱娜说，“我向你打保票，巡官，你找不到要找的那个人——尽管你一直声称他在这里。”

“谢谢提醒，不过，夫人，我还是得验证一下。”

“我说的话不管用了？”

“不是这样，夫人。您不曲解我的意思，我就感激不尽了。现在我们能开始了吗？”

俄莱娜迟疑着，仍然在拖延时间。她坚持要看搜查令，这一点无可厚非。但是这时响起了敲门声，她说道：“请进。”

福特汉姆进来了。“夫人，这几位先生要留下来喝茶吗？”他问道。他波澜不惊的脸上丝毫看不出什么表情，但是他抓住了转瞬即逝的机会，毫不迟疑地迅速眨了下眼，她察觉到了。

她并没有露出如释重负的表情，只是问道：“怎么样，巡官？”

“谢谢，夫人，不用了。”

“华生和我想要喝一杯，”福尔摩斯对俄莱娜说，然后又对法尼说道，“没有我们的协助，你们的搜查也会进行得很彻底，对吧？”

“绝对的。”巡官说。

“福特汉姆，”俄莱娜说，“法尼巡官和他的手下要搜查一下这栋房子，请你给予协助。”

“是，夫人。”福特汉姆应声到，然后离开了。

法尼对此表示感谢，然后允诺会尽快结束搜查，而且会相当谨慎，这次他又说成了“惊声”。

巡官去布置搜查任务了，福尔摩斯平静地说道：“不用害怕，除非他极其笨拙，否则警察是找不到他的。”

她皱起了眉毛，“何以见得？”

他没有回答她的问题，继续说道：“平克顿的雇员，凯奇·利吉特，才是银行劫案的幕后真凶，他的计划是让詹姆斯牵涉其中，然后由警察来对付他。这一点你是很清楚的吧？”

“当然。”

“那如果你的仆人被问起，他们能守口如瓶吗？”

“他们不会说的，”她很确信地说，“福尔摩斯，我可能有多重身份，但绝对不是一个霸道的暴君。我对仆人一向很好，他们对我也绝对忠诚。”

“希望如此，伯爵夫人。如果法尼找到了詹姆斯，或者你的仆人说漏了嘴，你就完了。窝藏一个声名远扬的罪犯，尤其是像詹姆斯兄弟这样的，恐怕法庭是不会对你心慈手软的。”

法尼的手下将整栋房子掀个底朝天的时候，他自己在门口等着。阁楼的门被打开，搜查了一番。他们仔细检查了每间屋子，每张床底，每个餐柜和衣橱。然后是地下室和马厩，屋外的建筑，甚至连有点歪的一排仆人小屋也没放过。

最后是庭园。俄莱娜站在福尔摩斯和华生身边，紧张地等待着。法尼随时可能进屋，然后一脸阴沉地告诉她詹姆斯被找到、被逮捕了，然后轮到她承认窝藏罪犯了。

但是漫长而紧张的等待里除了镀锌钟机械呆板的滴答声，没有发生任何事情。

搜查持续了一个多小时。最后，巡官法尼走进图书室，脸上带着窘迫的表情，“谢谢，夫人，不好意思打扰您了。”

俄莱娜松了口气，努力地挤出一个面无表情的微笑，说道：“巡官，没关系。你只是在尽忠职守。”

“夫人，您能这样想，真是非常宽容。”

“不过，”俄莱娜补充道，“下次见到我的律师阿希礼·丹弗斯·科尔的时候，我会告诉他发生的一切。”

法尼非常清楚这位律师令人闻风丧胆的事迹，显得有些垂头丧气。“好的，夫人。”他驯服地说，然后问福尔摩斯和华生，“你们走吗？”

“不，”福尔摩斯说，“伯爵夫人友好地邀请我们共进晚餐。”

法尼点了点头，最后又道了一次歉，然后一脸愧色地离开了。他们透过图书室的窗户，看见他的手下爬进了黑色囚车的后座，他自己则挤进了那辆四轮马车。过了一会儿，他们沿着车道踏上了回程。

“老天知道杰西去了哪里，”俄莱娜说着，转向福尔摩斯，“他可能现在已经走出了好几英里。”

“我想没有。”福尔摩斯回答说，他从法式落地窗迈进了梯状草坪，然后沿着石头台阶往下走到了花园里。

俄莱娜看着华生，抬起了眉毛，“他这是去哪？”

华生耸了耸肩，“我们还是跟着他看看吧，夫人。”

福尔摩斯迈着坚定的长腿，方向明确：他往宽阔的草地中央那棵大橡树阔步走去。走到树的跟前，他停了下来，然后喊道：“你可以下来了，詹姆斯先生。”

没有动静。

“我向你保证法尼巡官和手下都走了，没什么可害怕的了。”

树枝抖动了一下，俄莱娜和华生来到的时候，杰西正好顺着繁茂凌乱的树叶间爬了下来。他灵活地落地，伸展了下身体，以舒缓下背部的肌肉。然后，他问福尔摩斯：“你怎么知道我在这上面？”他面露不悦之色。

“基本推理，”福尔摩斯回答道，其他人也仔细听着，“当我们找人的时候，通常都是从左往右，再从右往左，但很少会有人往上看。先生，尽管你攀爬灵活，但同时体格健壮，所以你爬的时候，碰掉了一些叶子。每年的这个时候橡树都是枝叶繁茂，十月前落叶的可能性基本不存在，所以树上藏了个什么东西或者什么人是符合逻辑的。”

“见鬼，”杰西咕哝道，“你不自吹自擂会死啊？”

“是你提的问题，詹姆斯先生。我只是提供了答案。但是我现在建议我们还是进屋吧。如果巡官出于什么原因，碰巧杀了个回马枪，在这儿找到你，对伯爵夫人来说可不是什么好事。此外，如果要洗净你的名声，将真正的罪犯绳之以法，可是任重道远。”

杰西皱了皱眉，很惊讶，“你认为我和这起劫案无关？”

“当然，除非我们都犯了错，否则是凯奇·利吉特无疑。”

“你说你会抓住那个人。”杰西尖酸地提醒。

他们一起走回屋子的路上，福尔摩斯说：“在过去的四天里，我让我的侦缉队员，华生称之为贝克街小分队，搜遍了东区的每个角落寻找利吉特兄弟。”

“贝克街……见鬼，叫什么来着？”

“一群街头流浪儿，”华生说，“一个叫威金斯的男孩手下的一群乞儿，他们……”他突然停了下来，想起来在他们出发去希兴巷不久前，哈德森夫人给福尔摩斯捎的口信。“那么，这就是威金斯口信的意思！”他喊道，“寻找利吉特兄弟丝毫没有意思！”

“正是，”福尔摩斯说道，“所以我想亲自去找他们。”

“不用担心，”俄莱娜看见杰西眼中的疑虑，说道，“福尔摩斯会找到他们的，我用我的命担保。”

“希望你是对的，”杰西说，“俄莉，我不是想表现得忘恩负义。你和你的仆人对我友善至极，我很感激。但是我在这儿翘首以待已经很长时间了，如果你还不能让凯奇·利吉特现身，”他对福尔摩斯说道，“那我就要亲自上阵了。”

“这么做，可会犯个严重的错误，”福尔摩斯说，“在东区，一不小心，你就会被杀或者被捕。不要忘了，凯奇·利吉特知道你在这里，詹姆斯先生。我不知道他是怎么知道的——可能《伦敦新闻画报》那个素描师趁你不注意，又画了一幅你的画。但是有件事是肯定的——毫无疑问，他们已经在你动身之前来找你了。”

“让他们来试试，”杰西说，“他们会后悔的。我做出了承诺，就一定会遵守。我要杀了他们这些不怀悔意的混蛋——谁来阻止我试试？”

“杰西，不要。”俄莱娜说道。

他打断了她，怒火中烧，“你是在浪费时间，俄莉。我已经忍无可忍了。如果明天福尔摩斯还是找不到凯奇·利吉特，我就自己去。”

第十五章

诱惑

虽然告诉法尼巡官受邀晚餐，福尔摩斯还是毫无留意。警察走了没多久，他和华生驾着俄莱娜的马车离开了。俄莱娜和杰西望着马车消失在车道的树丛里，她问杰西："现在你怎么看我的朋友福尔摩斯？"

杰西耸了耸肩，"他是个很难看透的人。但是我认为他至少有一个优点：信守诺言。他完全可以趁机将我交给警察，但是他没有。"

俄莱娜没有回答，她继续盯着窗外。她的沉默让杰西很是困扰。

"怎么了？"

"没事。"

"一定有事。"他坚持道，"什么事？你想让我走？如果这样，我不会怪你。"

"不，不是，我才不会让你离开我，只是……"

"说下去。"

"关于福尔摩斯，我想你可能是对的。"

他皱了皱眉毛，"哪个方面？"

"他可能并非像我想的那样可信。"

杰西盯着她，像是看着个疯子，"你现在这样说，还真是让人大伤脑筋。"

"我知道。相信我，杰西。从我嘴里说出这样的话，自己听了也是大吃一惊。"

"你为什么这么想？"

"没什么。我是说，没任何具体的事情让我这样想。这更像是……嗯，直觉。当初你俩因为要一枪毙了凯奇·利吉特的事情而争执的时候，我就感觉到了。"

杰西不发一言。

谴责受人敬仰的夏洛克·福尔摩斯老谋深算，诡计多端，俄莱娜像是被这种念头吓到，脱口而出："噢，我在说什么？杰西，忘了我刚刚说的话。我一定是疯了，才会认为福尔摩斯会骗你。"

杰西仍然保持沉默。但是他目露疑色，那一直挥散不去的怀疑如今已经泛滥成灾。

"或许困扰我的是，"俄莱娜停顿了一会儿，说道，"福尔摩斯身上有股子马基雅弗利式的味道。"

"何意？"

"为了达到目的，他会不择手段。"

“那会是什么目的，俄莉？”

“我还不清楚。”

杰西咕哝了一声：“在你弄清楚之前，我就不得不在这儿等着这位两面派先生露出马脚？”

“嘲讽解决不了问题，”俄莱娜责备道，“哦，上帝，我真希望我没刚刚说这些话。知道你的脾气，我就该想到你会跳上公爵的背，一枪崩了福尔摩斯！”

“这个主意也不坏。”杰西阴沉地说，看到她一脸警惕，他说道，“不要担心，我许诺过我的哥哥，遇到麻烦，绝不会让自己陷入绝境。除非万不得已，我并不准备违背诺言。”

俄莱娜松了口气，如释重负。她用胳膊缠住杰西的脖子。“我希望弗兰克在这儿，”她温柔地说，“我一定要给睿智的他一个吻。”

杰西露齿一笑，也变得温和起来，“把这个吻给我好了，这样我下次见到他……”

她吻上了他，他沉醉其中。

这是一个悠长拥抱，激情四溢，当他们的唇最后分开的时候，她将自己的脸颊贴在他的胸脯上，闭上了眼。

“我希望你以前说的是真的——有关对于我的信任。”

“我怎么可能不相信你，”杰西说，“你为了我不顾自己的安危，给我提供藏身之所，还帮我躲过了警察，这些足以让你锒铛入狱。”他用双手捧起了她美丽的脸，亲了亲她的翘唇。

他们分开的时候，她牵起他的手，说道：“知道这一点让我体会到前所未有的快乐。因为我已经想到了一个办法，找到利吉特兄弟。”

“继续说。”

“比追寻猎物技高一筹的是什么？”她问道。

他想了一会儿，然后耸了耸肩，“让猎物送上门。”

“正是。”

“说得容易。”

她笑着，像是知道了什么秘密。“詹姆斯先生，”她耳语道，“有我的计划，你不可能失败。”

“我听着呢。”

“钱，”她说，“很多钱。”

“我不明白。”

“利吉特兄弟想把你逼上绝路，对吧？这一点实在是太明显了。那么，如果我们给他们提供机会呢？再给他们一笔酬金？”

他想了一会儿，才有些明白，然后说道：“你是说给我这颗人头标上价？”

“一点不错。我可以让我的律师来安排。酬金可以说是一个匿名的热心市民提供的。这笔钱必须足够丰厚，这样利吉特兄弟才会上钩。”

“你怎么知道呢？”

“因为他们是唯一知道你在这儿的人。他们肯定知道，否则也不会冒充你抢劫银行了。要不然，”她看出他眼中的疑虑，接着说道，“他们怎么知道报警呢？”

“我想你是对的。”杰西说。

“这一点毫无疑问，”俄莱娜说，“正如我知道利吉特兄弟现身领赏的时候，你正好可以瓮中捉鳖。”

杰西慢慢地露出了笑容，“你拥有的不止美貌，对吗？”

“詹姆斯先生，”她温柔地说，“你了解的只是冰山一角。”

他又亲了她一下，全心投入地压上了她的唇。“我们上楼吧。”他说。

“等一会儿，”她大笑道，“我想先给你看点东西。”

她领着他到了楼下的酒窖。她打开了煤气灯，他眼前出现了一间方石板铺的阴湿房间，里面装的全是一层层灰层覆盖的酒瓶。“尽管我的丈夫总是不肯承认，”她说，“他的祖父据说和走私犯有瓜葛。”

走到一个酒架边上，她伸出手，按了下阴影深处的一个按钮，让他惊讶的是，酒架慢慢地、悄无声息地转动开，露出一间黑影般的小屋子。

在门口的一个架子上摆着一根蜡烛和一盒磷光剂火柴。她迅速地点燃了蜡烛，然后高高举了起来。阴影处瞬间被点亮，他看见了屋子里的一张桌子，上面放着一个很大的展示盒，红丝绒的搁架上闪烁着胸针、挂坠项链、戒指、王冠头饰、手链和项链。

“你看我的藏品如何？”她骄傲地问。

他惊奇地摇了摇头，“这比世界上任何一家珠宝店都强，甚至连阿伯纳西都得自叹不如。”

“阿伯纳西？”

“是科尔尼的一家杂货店，”他耸耸肩解释道，“那时我和弗兰克还小，有一天，妈妈带我们去镇上给弗兰克买件衬衫。我太激动了，因为这样我就能穿他的旧衣服了。”

“我知道那种感觉，”她毫不隐瞒地说，脸上显出伤感的表情。“我一直到十二岁都捡我姐姐的旧衣服穿，直到我在托普金斯的服装店里工作——”她突然停了下来，说道，“对不起，我不是故意想打断你。接着说吧。”

“然后，妈妈和弗兰克忙着挑衬衫，我就悄悄地走到柜台边，阿伯纳西先生将他所有的糖果都放在那些大玻璃瓶里。我知道妈妈没有什么钱，但是我记得当时看着这些糖果，觉得那是我所看到过的最美的东西。直到此刻，我改变了看法。”他再次将眼光投向这些珠宝，“这些一定很值钱。”

“我愿意和你分享这些，”她说道，“但有一个条件。”

“要我去杀谁？”

“没有杀戮，”她说，“只是帮……一个忙。”

“说吧。”

“我花了好多年收藏这些展品，”她解释道，“我像这样把它们全锁起来，是因为这些都是通过……嗯，那些正人君子可能会用不屑一顾的方法获得的。现在，我只剩一件就能集齐了——一件名叫‘波斯之星’的珠宝。我想买来着，可是它在皇家博物馆里。”

她转过身，面对着他，“为了我，去把它偷来，杰西。我会给你回报的——足以让利吉特兄弟难以逃出你的手心。”

他沉默了好一会儿。“这是个很大的诱惑。”他说道。

“那你是去还是不去？”

“首先，我想知道，”他说，“你就是这样得到这些珠宝的？雇人去偷？”

“只有那些我有钱也买不到的。是不是吓到你了？”

“本来是这样，”他回答说，“但是现在我并没有很惊讶，”他又思忖了一会，然后说道，“这个博物馆，它在哪儿？”

“在西伦敦。”

“我先要去侦查下位置，弄清楚它的布局。”

“那太危险了，你的照片已经在午报上广而告之了。我想到明天肯定是无人不知。”

“那么我们得格外小心，”他回答说，“好吗？”

第十六章

布莱克雷特的复仇

尽管布莱克雷特·林奇幼时贫穷，没上过什么学，他早就学会了人生中重要的一课：知识就是力量。

这一点是他很快领悟到的，因为他必须同时拥有知识和力量，才能在东伦敦险象环生的大街小巷里偷生。因此，布莱克雷特总是能耳听八方却守口如瓶——好吧，在他那龅牙允许的范围内——这样他就能东偷一个值钱的七零，西摸一个丰厚的八碎，并逐渐对东区的世事变迁了如指掌。

那天一早，他从诺福克街的住处出来，痛苦地沿着商业路走到“彼手与匕首”酒馆。因为刚才的倾盆大雨，路上的鹅卵石湿滑，无处不在的泥泞小水坑里倒映着乌云密布的天空。

他迈进了酒馆，这个点对于常客来说太早了。店主吉登·巴特菲尔德转过身，对他说道：“在这儿看见你，还真有点意思。”

布莱克雷特靠在布满刀痕的吧台上，扔出了五便士。“有什么意思？”他挑衅地问道，接又着说道，“给我来半品脱的酒和一只猪蹄。”

店主先忙着倒了半品脱的酒，“刚刚来了个家伙，不到二十分钟前，问那些美国佬的下落。”

布莱克雷特的脸立马阴沉了下来。他一直在被凯奇·利吉特狂扁的阴影下生活，身心的痛苦混杂着瘀伤和肿胀，成了挥之不去的耻辱。但是他的这种痛苦很快被天然的好奇心代替，他那无时不在的变知识为力量的需求。

“那个家伙，他想知道什么？”他问道。

巴特菲尔德从炉子上的铁锅里钩出一只冒着热气的猪蹄，一把扔到一个不那么干净的碟子里，然后和刀叉一起推了过去。“想知道怎么找到他们？”他说。

“你说了？”

店主轻蔑地看了他一眼。答案实在是太明显了。他从来不会告发任何人。如果谁这样做，在东区是混不长的。

“哦，那么，那个家伙他是谁？”布莱克雷特还不死心，“他有没有说为什么要找他们？”

“没有，”店主说，“至于他是谁，他就是路人甲。大概六十岁上下，灰白头发，戴着一顶棕色的帽子，穿着一件旧的格子呢外套，灰色的裤子。”

“噢，祝他好运，”布莱克雷特咕哝道，抿了一口酒，然后坚定地望着仍在冒着热气的猪蹄，“像利吉特兄弟那样的家伙，除非他们想露出踪迹，否则是永远不会被找到的。”

他端着美餐走到角落里的桌子边坐下，满腹心思地咀嚼起来。门开了，进来的是塔菲·克拉德多克。塔菲在当地的蜡烛厂上班，所以身上总是散发着羊油的臭味。他买了一杯喝的，坐到了布莱克雷特的身边，两个熟人玩了一会儿多米诺骨牌，然后又交换了一下八卦。最后，塔菲走了，没一会儿，布莱克雷特很快也起身走了。

在普兰姆伯斯街拐角的那家既理发又卖烟草的店里，他买了一盎司的中味烟草和一些卷烟纸。接过布莱克雷特的钱，店员说道："刚刚有个家伙问起你那天遇到的两个美国人。"

不是吧，布莱克雷特心想。他还是平静地问道："你跟他们说了什么？"

"什么也没说。"

"他沿着哪条路走了？"

"朝怀特查帕尔走去了。我想顶多十五分钟就能赶上他。"

布莱克雷特离开店里，朝着怀特查帕尔走去。那个想法又一次出现在脑子里——知识就是力量。如果知道那个老家伙为什么要找利吉特兄弟，那么他就占了先机，能够让他们受制于他。

尽管不得不顾及自己的旧伤，他还是没费多长时间跟上了那个家伙。他非常了解自己常混的这个地区，能够一眼认出一英里外的陌生人。那个穿着做工精良的格子呢外套的傻蛋，他就是个陌生人。他刚从怀特查帕尔之门另一边的一家铜制品店里出来，布莱克雷特一眼认出了他。

布莱克雷特端详了一番。吉登·巴特菲尔德是对的。他已经年届六十，跟布莱克雷特目前的跛脚程度相比，他走起路来拖着脚，看起来更费劲。他花白的乱发上扣着一顶平顶的布帽子，松松垮垮的裤子满是褶皱，架在一双磨损了的靴子上，怎么看怎么像一把手风琴。

布莱克雷特看着他拖着脚前行，轻轻地摇着头，像是有些气馁。他看上去漫不经心，谨慎地和这个老家伙保持着适当的距离。当这个老家伙抬起左脚，搭在排水沟边缘，系鞋带的时候，布莱克雷特仔细地观察了一番。他有着灰黄的肤色，有张连鬓胡子的脸，双眼眼睑松垂，目光呆滞。他那久未洗过的花白头发和同样乱蓬蓬的鬓角以及羊排似的小胡子非常搭配。

老家伙站直了身子，侦查了四周。伦敦医院在这条繁忙街道的另一侧，毗邻锯木厂。近在咫尺的，是一条昏暗的拱形通道，从怀特查帕尔路一直延伸到巴克斯街上林立的制衣厂。老家伙又思考了片刻，然后消失在了通道里。

布莱克雷特环视了四周，觉得这是一个绝好的机会，能和这个老家伙说上两句而不被人发现。于是不顾僵硬酸痛的肌肉，他加快了步伐，紧随其后。

这个老家伙在这个垃圾遍地的小巷里走到一半的时候，布莱克雷特赶上了他。老家伙听见了他脚踩着水坑“哗啦哗啦”的声音，正准备转过头来。说时迟那时快，布莱克雷特一把按住他的肩膀，迅速地让他转了个身，老家伙失去了平衡，他顺手抓住老家伙扣着扣子的格子呢外套的翻领，将他猛推到墙上。他的帽子掉了，落在湿漉漉的鹅卵石上。

“嘿，这是怎么回事？”老家伙愤怒地吼道。

他努力想要挣脱，可是布莱克雷特实在是太强壮了。布莱克雷特猛地把脸伸过来，呼吸里散发着猪肉和啤酒的味道。

“你在找人，”布莱克雷特怒气冲冲地吼道，“两个人，实际上是两个美国佬，姓利吉特的两兄弟——我想知道为什么。”

老家伙怒目而视，“我不知道你在……”

布莱克雷特手里掏出了一把新搞到的刀，刀锋将眼下这位受害者的下巴都抵出了血，“不要抵赖，伙计！消息传得很快……不论哪条道上的消息，最后总是会传到我这儿。所以——你叫什么名字？”

“列维·莱特，”老家伙不情愿地说，然后挑衅地问道，“跟你有什么关系？”

“有人不告诉我想知道的东西，我要像杀猪一般捅他几刀，只是在这之前我想搞清楚他叫什么。”

乱蓬蓬的眉毛下面，列维·莱特的双眼不安地低垂着。他紧张地舔着自己的嘴唇，露出了参差不齐的黄牙。“好吧，”他说，“这个可是个机密。有个城里的家伙让我四处打探，找这两个利吉特兄弟。他给了我五英镑作为定金，答应等我告诉他哪里能找到他们，再给我另外五英镑。”

“这个家伙他是谁？”

“我没问他的名字。即使问了，他也不见得会告诉我。他说他会在接下来的三天夜里每晚6点等在利物浦街站的老布罗德大街入口处。我正准备去见他，然后交差呢。”

“他为什么对利吉特兄弟这么感兴趣？”

“他没说，我也没问。但是我可以告诉你——他也是个美国佬。而且我看他对他们可没安什么好心。他在向我描述他们长相的时候，眼里透露着刻骨的仇恨。他身上还有些别的东西让我毛骨悚然。”

“什么？”

“他带着一把手枪。他以为我没看出来，其实我知道。他拿钱包的时候，我看见了，在肩带枪套里，就在这儿。”他指了指自己的腋窝。

布莱克雷特背后一阵发凉，在伦敦不可能有这么多全副武装，带着肩带枪套的美国佬，“这个家伙他长什么样？”

“高大健壮。看着挺有钱，戴着一种宽沿的帽子。”

“他在找利吉特兄弟？”

“是的。”

布莱克雷特挠了挠耳朵，努力想要理清思绪。只有一件事很清楚——他和这个出钱雇个老家伙的美国佬一样，对利吉特兄弟都有着刻骨的恨意。而令人难以置信的是，这个美国佬就是那天阻止他们抢伯爵夫人的暴力男。

“我怎么知道你不是在胡说八道？”他问道。

“我身上还揣着他给我的五英镑呢，”怀特话刚出口，就后悔了，他慌忙想要离开，但是布莱克雷特一把抓住了他，命令道，“现在没了。”

“我这样的老人家，你也不放过？”莱特藐视地说。

“依我看，我这是帮你忙呢，”布莱克雷特说，“看，我对利吉特兄弟也毫无好感，所以我打算让你知道，你这个带枪的朋友在哪儿能找到他们。作为回报，你必须给我你手上的五英镑。这很公平吧？我是说，你告诉他的时候，还能再拿五英镑。”

“我怎么知道你不是在胡说八道？”

“你不会知道，”布莱克雷特说，“现在，快点给我那五英镑。”

莱特不情愿地从裤子口袋里掏出了一张挺括的五英镑，递给他。布拉克雷特赶紧将钞票塞了起来。

“好的，听好，”他说道，“大部分的夜晚，利吉特兄弟会在卡伯街的偷猎者酒吧碰面，很好找。和他们在一起的有一个总是擤鼻涕的小个子，一个红头发的爱尔兰人，还有一个大块头的黑白混血。如果不在那里的话，他们还有个藏身之所，一艘废弃的驳船，就停在鱼市过去一点的地方。那是一个摇摇晃晃、生了锈的桶状物，看上去不像有人住的样子，但他们就住在里面。我之所以知道，是因为有天晚上神不知、鬼不觉地跟着他们回到了那里。”

列维·莱特记住了这些。“你最好不要骗我。”他警告道。

“我没骗你，你最好不要告诉任何人是从我这得到这个消息的，明白？”

“不用担心，我知道如何保守秘密。”

“希望如此，如果你不能的话，就等着后悔吧。哦，你告诉那个美国佬凯奇·利吉特的藏身之所时，记得嘱咐他替我给他们每个人补一枪。当然，如果他是我认识的那个美国佬，他一定会这样做的。”

他转过身，沿着小巷飞速地走了出去，没有回头看一眼……看到他走远了，列维·莱特的脸突然产生了神奇的变化。他耸起的双肩伸直了，淡淡的微笑取代了卑怯的表情，他接着伸出手，从自己的牙上取出了一排黄色的假牙。他竟然是——福尔摩斯。他想：如果这个人可信——视刚刚的情况而言，是可以信任的——那么利吉特兄弟已经在掌握之中。

他的笑容简短而严肃。他今天来这儿充当“列维·莱特”的目的已经圆满实现。尽管这种做法本身并不能让利吉特兄弟马上现形，但是却得到了他们藏身之所的准确情报。总而言之，开局顺利。

他弯下腰，捡起自己的帽子，再不是老人的步履蹒跚，而是踏着轻快而坚定的大步，离开了小巷。是时候回到贝克街，思考下一步的行动了。他绕回到怀特查帕尔路，知道以现在只能赊账的状态，是没有马车会停在他面前的，所以他搭上了一辆墨绿色的贝斯沃特电车，在车厢后部找了个位置坐下，思忖着他此行的收获。

和他们在一起的有一个总是擤鼻涕的小个子，一个红头发的爱尔兰人，还有一个大块头的黑白混血。这是他刚刚获得的信息。三个人。三个人加上利吉特兄弟——就是抢劫克鲁斯比·希尔斯银行的那五个人？几乎可以肯定。

就在这时，车子经过法灵顿街和路德门山街的拐角，福尔摩斯听到报童的叫卖声：“快来看喽！皇家博物馆光天化日下被劫！名贵宝石被杰西·詹姆斯盗走！”

第十七章

波斯之星

几个小时前……

位于维多利亚塔楼大道上的皇家博物馆绝对是大英帝国的瑰宝。它是个两层楼的建筑，正面的赤陶墙面被过分装饰，上面镶着又长又宽的彩色玻璃窗，这栋建于1837年的楼房在泰晤士河上投射出一个狭长、锥形的阴影。

穿过它巨大的橡木清漆门，气氛即刻变得肃穆而凝重。那是一间富丽堂皇的宝库，里面装满了各式植物、昆虫、矿物、古生物、海绵动物标本和化石，珍贵的画作和年代久远的雕塑，还有数不胜数的中世纪铁制品、武器、盔甲、珐琅、铜制品、白镴器皿等等，当然还有珍奇珠宝。

但是没有一样比得上“波斯之星”。

整颗星是从德黑兰政府借来的，据说曾经在1719年被阿富汗人掳走。尽管它比可以与其媲美的科依诺尔钻石小，但仍然令人叹为观止。这颗切工精良的钻石，足有四十克拉，需要一个中等个头男人的手掌才能完全握住。

这天早上钟敲10点的时候，上了年纪的门卫拖着脚走到门口，长着老年斑的手上挂着一串钥匙，足足有三十把之多。他费劲地一个个慢慢地扒拉着，直到摸到要找的那一把。当然如果将这些钥匙分开存放，会快很多，但是它们一直都是在一串上，而且这么多年以来扒拉钥匙已经成了他生活中的一个重要仪式。

他终于找到那把钥匙，慢悠悠地打开了门。

参观者开始鱼贯而入，大厅里充斥着他们慢条斯理的脚步声。老门卫开始一瘸一拐地走回楼梯底下的门卫室，在那他打算喝上一杯茶，仔细品品《体育生活报》，这是他的另一个老习惯。但是正当他准备朝着通向博物馆地下室的狭窄边门走去时，听见了马儿一路奔跑而来的声音。

他转过身，注意到博物馆的参观者们也都听到了这个声音，纷纷转过脸去看着门外熙攘的街道。他们都觉得应该是个出租马车的车夫正在费老鼻子劲去控制他那桀骜不驯的马儿。

然而，他们看见的是一个带着面罩的男人，骑着一头纯白的高头大马，沿着宽阔的水泥台阶一路向上朝他们疾驰而来。

人们纷纷向两边闪开，这位骑手从敞开的大门长驱直入。他丝毫没有放慢马儿的步伐，穿过了大厅和一排赤陶土的拱门，朝展厅奔去。

在展厅远远的另一端，是一个玻璃展示箱，放在了一个铁笼子里，四周还拉上了禁止进入的警示绳。箱子里精致叠放的红丝绒上熠熠生辉的是“波斯之星”。

因为注意到了前门处的骚乱，又听到了马蹄落在黑白地砖上的“嗒嗒”声，两个一直站在这件展品边执勤的老守卫赶紧冲上前，举起双手，要拦住这位骑手。

杰西·詹姆斯知道要撞翻这两个老家伙，简直是轻而易举。可是他欣赏他们的勇气，拉住了缰绳。

“快闪开，你们这些白痴！”他透过面罩喊着。

两个守卫很想那么做，可是他们是有骨气的老兵，所以他们站在原地，挥舞着配发的短棍。

杰西咒骂了几句，掏出了一把科尔特手枪。

他朝着他们脚中间的地板开了两枪。他们跳了起来，忙跑着找掩护，其中一个掏出了口哨，尖声地吹了起来。

杰西没有理睬他们，下了马，抓住警示绳，将它缠在马的鞍头上，然后绕着保护“波斯之星”的两根栅栏打了个结。他跃身上马，将绳子缠在前鞍桥上，然后赶着马儿往后跑。

起先，没有任何动静。只有公爵滑了一下，在光滑的地板上留下了一条划痕。杰西知道自己时间不多，只得让它使出更大的力气。抢劫的消息肯定已经传了出去，警察很快就会赶来将博物馆围个水泄不通。

正如所料，博物馆的每个被灰覆盖的角落里传来了此起彼伏的口哨声，交织着守卫们急匆匆冲进一层展览厅的脚步声。他们叫嚷着“住手”“不许动”“放下武器”，其他人则嚷嚷着“警察来了”，他无论如何也逃不出去。

杰西咬紧牙关，催促着马儿使出浑身的劲，这次两根栅栏的柱子开始向外弯折。“快点！”他接着催着马儿，“快点！该死！你可以的！”

铁笼子终于被拽得松动了，前部鼓了起来。杰西跳下马，一脚踢开鼓起的铁笼子，用科尔特枪的枪管一把敲碎了展示箱的玻璃。

“住手！”

“他在偷‘波斯之星’！”

“快抓住他！”

“别让他跑了！”

传到杰西耳朵里的是骚乱中的各种叫喊声、口哨声，还有奔跑中的厚重靴子发出越来越近的“嗒嗒”声——他充耳不闻。这次的行动超过了计划的时间，他一把抓住硕大的钻石，重新跃身上马，刚让马儿调了个头，只见警察已经赶到了。

他们站成一排，掏出警棍，拦住了他的去路。

更糟糕的是，发生了杰西没有料想到的一幕：门卫那个老掉牙的家伙居然能想到把前门关了起来，这下他这个亡命徒的逃生之路被彻底切断了。

他使劲地将缰绳拉起，马儿顺势在大理石的地板上滑行起来。它几乎要摔倒了，但是还是保持住了平衡。杰西喊着“唷！”，没有朝警察冲去，而是策马沿着宽阔、弯曲的楼梯上了夹楼层。

警察被他这个意外之举弄了个措手不及，队列立即散开，转而去追他。

马儿最后跳跃了几步，蹄子在圆形夹楼层的镶木地板上发出了“嗒嗒”声。杰西骑着马绕着跑了一圈，迅速地扫视了附近的每一扇敞开的门，没有找到任何逃生之路。

杰西无路可退，只好策马穿过了其中一扇门，进了一间巨大的屋子，里面满满地陈列着几乎所有物种的动物标本，甚至包括畸形动物的展区，从白化病的老虎到两条尾巴的猫等千奇百怪。

他一路朝着屋里那遥远的一排彩色玻璃窗走去，拉起了缰绳，透过玻璃眺望着下面低矮的街道。目光所及满是出租马车和来回穿梭的行人，一阵眩晕感向他袭来。意识到跳下去和自杀无异，杰西转过头去。

警察这时冲进了屋里。

杰西一边诅咒着自己的背运，一边放手一搏。一个警员向马扑了过来，一把抓住了杰西的外套，差点把他拽了下来。他另一只手拿着警棍，击打着杰西的背。受了伤的杰西扭动了一下，将自己的枪对准了他，这是一位年轻人，脸上写满惊恐，他知道自己无论如何也没法扣动扳机。

于是他带着马快速地旋转起来，这个突如其来的动作打乱了警察的控制。他飞了起来，撞倒了一个展示箱和一个熊的标本。这个巨大的灰熊摇晃了好一阵，然后倒了下去，正好压住了站在下面狂呼乱喊的警察。

这下出入口的警察越聚越多。杰西掏出他的科尔特手枪，冲他们头上开了几枪。两颗子弹将门楣上的石膏射穿了两个洞，警察惊散了。绝望中的杰西策马向前，这个白色的高头大马狂奔着又回到了夹楼层。

警察和博物馆守卫跟在他们身后狂追。

杰西继续前行，奔到了夹层另一侧的屋子，里面摆放着各种形状和尺寸的化石，看上去像是个令人眼花缭乱的迷宫。马儿步伐凌乱，不知该去哪里，后腿直立，发出了尖利的嘶鸣声。杰西立马握紧拳头，放到马儿扁平的双耳中间。它四肢微蹲，在岩石和化石的两排展示箱中间找到了路。杰西驾驭着马儿沿着最近的过道一路奔跑。过道那一头的墙上有一排大窗户。

“这下抓住他了！”一个警员喊道。

“这次他跑不了了！”另一个也叫道。

马鞍上的杰西扭过身，朝他们的头上开了一枪。警察和守卫赶紧躲了起来，杰西利用这个空当透过窗户张望着下面的泰晤士河。

很低，很低的河。

拖船和驳船在它那浑浊的河水里往来，但是就是这些浑水能给他提供一个柔软的着陆点，比博物馆另一侧维多利亚塔楼大道上的大卵石可能触感会好那么一丁点儿。

马儿像是领会了主人的意图，打了个响鼻儿，“嗵嗵”地踩着蹄子，摇着脑袋，鬃毛飞扬。杰西勒令马儿后退，一边吼道：“我警告你，你这个垂耳骡子！你不跳的话，我就让你吃不了兜着走，自己看着办！”

公爵迟疑了一下，像是在考虑兜点什么走。

骑手和马儿像是达成了某种一致，杰西喊道：“嗨，管他的，马儿，我们走！”

他将马儿转离了窗户，向对面的墙骑去。他咬牙关，再次将马儿转过来，用马刺策了一下它的侧面，伴随着一阵“嗒嗒”声，公爵一路向前猛冲。

彩色的窗户像是迅速向他们扑了过来。

杰西发出了一声狂野的叫喊，拉紧了缰绳。

窗户不断逼近，现在赫然呈现在他们面前。杰西唯恐马儿会在最后的一瞬畏缩，于是他又一次用了马刺。

马儿向前奔去，毫不犹豫地冲着玻璃跳了出去。

随着震耳欲聋的碰撞声，窗户炸裂，向外飞去。随之而来的是骑手和马儿之间一阵奇怪而不知所措的沉默。他们在空气中浮游时，四周尽是翻腾旋转的玻璃碎片。

然后——

因为风的作用，杰西被拉下了马。手里的缰绳也松了，此刻正像鞭子一样抽打着他的胳膊和肩膀——他只好双手紧紧地抓牢马鞍的鞍头。

在他的下方，马儿的四条腿不停地上下踩踏着，像是努力要在空气里跑起来。

杰西低头看了看，刚刚的纵身一跃已经带着他们飞越了狭窄的人行道，来到了河面上方。

他们不住跌落，马儿这时发出了娘儿们似的叫声，杰西简直没法相信自己的耳朵。他握着鞍头的手丝毫没有放松，跟着马儿做着自由落体运动，泰晤士河越来越近了，他自己的腿也止不住疯了似的上下抽动着。

伴随着一声震耳欲聋的像爆炸似的声音，骑手和马儿落入水中。冰冷的河水四处飞溅，激起了巨大的浪花。他们瞬间沉入下去。

巨大的冲击力将杰西湿漉漉的扎染印花头巾塞进了他嘴里。

嘴被塞得严严实实，他无法呼吸，手足无措。

马儿首先恢复了常态。出于直觉，它开始向着太阳照耀下斑驳的地面奋勇游去，剩杰西一人在原地挣扎，只能寄希望在他们靠岸之前，他的肺不要爆裂了。

时间像是停止了。有那么一刻，他觉得自己这次熬不过去了。

他们最终还是冲出水面，杰西的头巾被卷走了，他一边喘着气，放声大笑，一边吐出呛人的污浊河水。

他听见了叫喊声。抬头看去，只见破碎的窗户那挤满了好多脸，意识到现在可不是喘气的时候——他和马儿还没有脱身呢。

他在水里摸索着，找到了拖曳的缰绳，然后朝着苔藓覆盖的石头台阶游去，台阶一直连着岸上的人行道。

马儿顺从地跟着缰绳的牵引，和他并肩游了过去。

他们一起游到了台阶处。杰西迅速地先从水里爬了出来，身上滴着水，颤抖着，马儿跟着上来。这头白色的高头大马像一只小狗一样抖动着身体，水珠四散。杰西拖着筋疲力尽的身体，正准备骑上马的时候，听见了身后的喊叫声。

“在那里，他在那里！抓住他！”

他转过身的时候，正好看见博物馆的拐角处三个博街（又译弓街）骑警正骑着马，看上去像身高体壮的猎手。他们瞅见了他，立马吹起了口哨，高喊“你被捕了”，让他停下来。

杰西想：真他妈的见鬼！

他快速地上马，又给了马儿一记鞭策。马儿向前跳了起来，向着相反的方向狂奔出去。杰西在第一个路口左拐，上了一条狭窄的鹅卵石小道，一直通到维多利亚塔楼大道。终于到了小道的另一端，他一下奔上了大道，没有发出任何警示，冲散了行人，与街上的马车擦肩而过。他的耳朵里充斥着愤怒的叫喊声，穿过了街，又带着马儿来到了另一条不那么繁忙的小道。前方，他看见一排黑色的铁栏杆后面，有一个公园——有个标志，上面写着“维多利亚塔楼公园”的字样。那里有一块很宽阔的草坪和一些树，处于皇家博物馆和它附近的威斯敏斯特宫之间，正好可以作为他们的缓冲带。他扬鞭策马，穿过了门廊，向着树林奔去。

警察赶到公园的时候，已经不见这位“波斯之星”大盗的影子。

第十八章

决战序曲

福尔摩斯刚回到贝克街，华生立马从椅子上跳了起来。

“你听新闻了没？”他问道，“我没法相信詹姆斯会做出这么……不负责任的事情！这个人是来复仇的，绝不是来开启珠宝大盗的职业生涯的。”

“确实如此。”福尔摩斯说道，摘下了帽子和假发。

“那我们该做些什么？找他对质？这样会很危险的，福尔摩斯。这个人可是个出了名的杀手。”

“和詹姆斯先生对质还要再等段时间，”福尔摩斯说，“我们首先要处理其他的事。”

他闪进了自己的房间，将自己身上“列维·莱特”的痕迹清理干净。再出来的时候，他身穿一件黑色的阿尔伯特亲王式长礼服，他和华生一起乘着出租马车来到了皇家博物馆。

劫案发生后，博物馆关闭了一整天。但是福尔摩斯向紧张忙乱的馆长史丹利·朗福德报上名来，于是他们得以放行。

里面一片混乱。尤其吸引福尔摩斯注意力的是这位劫犯的马儿在夹楼层的木地板上留下的痕迹。他跪在地上，研究了好几分钟，然后才又站了起来。

既然劫案发生在伦敦警察厅的怀特霍尔分局，这个案子的调查自然落在麦斯维尔·拜仁肩上。福尔摩斯和华生看见他正透过散架的窗户，仔细地端详着灰色的泰晤士河，而他的手下正在这两层继续四处查看，搜查线索。

“将他绳之以法，”拜仁跟他们握了握手，然后说道，“不管他是谁。”

“你不相信是杰西·詹姆斯，对吗？”

“是的，我不相信，出于三大原因。首先，连杰西·詹姆斯是否在本国，都没有确凿的证据。其次，他是一个银行劫匪，火车大盗。他要的是现金。这种案子根本不是他的菜。”他摇了摇头，“绝对不是，先生。第三，弗利特街[1]将詹姆斯的名字和罪行联系起来，只是为了报纸的销量。但是，福尔摩斯先生，我能问下你为什么对这个案子感兴趣吗？”

“这个罪犯的大胆让我很好奇。”福尔摩斯含糊地回答道。

拜仁并不相信这一点，敏锐地观察着他，“我知道你是个正直的人，福尔摩斯先生，所以我很相信你的话。但是我知道你一直在帮罗奇尔分局处理近期突发的系列珠宝失窃案。所以克鲁斯比·希尔斯劫案发生后，你第一时间就去拜访了伦敦警局的法尼巡官。”

---

① 在伦敦报馆区。

福尔摩斯笑了。他一直都很喜欢拜仁，这个反应很快，充满想象力的家伙。

“但是，我说，”拜仁接着说，“恐怕这个案子除此之外，没有相同之处。”

“何以见得？”华生问。

“因为乡村别墅和城市银行的劫案和这个案子没有可比性。我想你也会猜到，如果这块石头找不到的话，很可能会导致严重的外交冲突。”

华生看着锯齿状的窗户，摇了摇，“很难相信有人能骑着马穿过窗户，跳到河里，而且居然还能活着逃脱。”

“从这个壮举上，我们可以看出这个大盗是个很有些勇气的汉子，骑术相当高明。”福尔摩斯说，“他拥有很强的应变能力。在过去的一两天之内，他肯定来过博物馆，以弄清地形，计划好方案，但是现场出现了变数，门被关上了，他的逃跑之路被堵上了，但很快找到了另一个逃脱的方法。巡官，如果你还没准备做，我建议你派人问下博物馆的工作人员，看他们是否记得对‘波斯之星’显示出特别兴趣的人？”

“我已经派人问过了，先生。”

福尔摩斯看了看碎窗户外面。“你说警察一直跟到公园另一侧的森林，然后不见了踪影？”他问道。

“是的，福尔摩斯先生。但是根据所有人的描述，他们根本谈不上追捕。据他们所言，看着那匹马飞奔的样子，他们追的简直是有着双翼的飞马——珀加索斯。”

“我一点也不吃惊，”福尔摩斯评论说，“能正好跳到河里的绝不是一般的马。那么，”他干练地补充道，“我们不能逗留得太久，巡官。我们还有活要干。”

“那是当然，先生。但是，嗯，你走之前……”

“嗯？”

“你还能告诉我一点其他有用的信息不？你知道，我们必须尽快找到这件珠宝。”

福尔摩斯思量了片刻，说道：“你要找的是一匹十六到十七手[①]高的马，钉了马掌，能进行跳栏表演，或是花式骑术动作。”

“你是怎么知道的？”拜仁皱着眉问道。

“你这位大盗的马儿在外面地板上留下的痕迹显示，它一步的长度大约是十二英尺，相当于成人的四步。这个尺寸显示这是一匹令人过目难忘的马。就我的观察，马掌上没有什么磨损的痕迹。因此，它是最近才被钉上的，或许是专门为了这次行动准备的。另外，马掌里添加了填嵌材料。”

“填嵌？”

“相当于防滑钉，”华生说，“也可以称为‘牢固的大头钉’。它们是用黄铜铸上，或者用螺钉钉在马掌上，帮助马儿更好地保持平衡，而且能够产生更大的附着摩擦力。我相信你们警局的马也会钉这种东西。”

福尔摩斯笑了，“很好，华生。啃，顺便说下，巡官，你袖子上沾着一根鬃毛。”

---

① 一手=四英寸。

拜仁低下头，果然看到一根惹事的毛发，立马拈了下来。“一根鬃毛，嗯？”他扬起眉毛问道。

福尔摩斯点点头，“肯定的。马尾巴上的毛会长很多，而且更柔软易折。再见，拜仁。”

在蒙太古庄园自己的屋子里，杰西从浴缸里爬了出来，用毛巾将身体擦干。热水澡驱走了身上的寒冷，这是整件事开始之后，唯一近乎得到满足感的时刻。

他花了很长时间才得以安全回到这里。不仅因为他对这个城市还很不熟悉，而是很谨慎地故意绕行了几次，防止被跟踪。当俄莱娜的大宅子终于映入眼帘的时候，已经接近下午两点了，他听到了一声放心的叹息。

他没有从前门进去，而是顺着花园后面，面朝小河的外墙走着。墙很高，上面覆盖着一层常春藤。要不是有一个树墩，他也不可能找到早上走的那个暗门。

他下了马，在常春藤里仔细搜查了一会儿，终于找到那扇门，接着从他湿漉漉的口袋里掏出了一把钥匙。他转了下锁，推开了门，在马儿的臀部拍了一下，它很听话地进去了。他重新锁上门，整理好常春藤，将门完全盖上。然后纵身一跃，翻过了墙。他有些疲惫地重新上马，骑着公爵回到了马厩。俄莱娜在图书室里等着他。当他最终浑身湿透，“扑哧扑哧”踩着潮湿的靴子现身的时候，她惊讶地屏住了呼吸，忙问发生了什么事情。

“没什么好担心的。”他咧开嘴笑着说。他伸出放在背后的手，食指和拇指之间熠熠生辉的正是“波斯之星”。

那摄人心魄的美简直让她窒息。

她向他冲了过去，一把抢过这颗无瑕的巨大钻石。“噢，天呐，”她终于能重新呼吸了，“比我记忆中的还要美！”

杰西看着她走到窗边，反复欣赏着这件阳光下闪耀的珍宝。

“就是它，杰西，我集齐藏品所需的最后一件。现在终于完整了。我完成了！”她微笑着，闭上了眼，“我真希望自己是个诗人，这样我就能将心中所想完全表达出来了。”

“我能感受到，”杰西说，他颤抖着，补充说道，“俄莉，如果你不介意的话，我想上楼去洗个热水澡，暖和一下。”

“好主意，”她垫起脚，亲了他一下，“但是亲爱的，你尽量快点，我迫不及待地想跟你分享我的喜悦。”

此刻的他温暖而干净。他将毛巾扔到一边，穿上了干净的衣服。屋外，天已近黄昏，斜阳将地面染成了大片的琥珀色和南瓜黄色。

他下了楼，发现俄莱娜正待在起居室里。不见“波斯之星”的踪影。“你已经看厌了，对不？”他取笑道。

“我对它是不会厌烦的，”她说，“对你也一样。”她站起身，靠着他，“是你让我成为这个世界上最幸福的女人。”

“趁着你还高兴，先把我的赏金付了吧。”

“瞧瞧你，杰西·詹姆斯。我知道你是在开玩笑，不过我怎么可能食言……”她穿过房间，走到挂在壁炉旁的鲁伯特·蒙太古的画像边，将它从墙上取下来，露出了一个小的壁式保险箱。

在她身后的杰西来到饮料推车边，倒了两指深的苏格兰威士忌。一边倒酒，一边看着那面圆镜子里她的身姿。她将暗码锁来回转了转，打开了保险箱，将手伸了进去。

她的手触到了珍珠手柄、镀镍的双发小手枪，她的眼神变得冷酷起来。“或许这个可以打消你的怀疑。”她侧着脸说。

她正准备转过身的时候，前门的门铃突然“叮铃”响了起来。俄莱娜快速地将手枪放了回去，然后锁上了保险箱。

杰西仔细地看着窗外，“你在等人？”

“没有。”

“去看看是谁，拖住他们。我来把保险柜盖上。”他从她手里拿过画像，她去开门了，他则细心地将画像挂到墙上。然后，他解开了外套的扣子，这样他就可以很轻松地掏出科尔特手枪，心里想着他是不是有什么疏忽，让警察找上了俄莱娜家的门。

过了一会儿，俄莱娜回来了，后面紧紧跟着福尔摩斯和华生。

“很抱歉打扰您，伯爵夫人，”福尔摩斯说道，然后又对着杰西说，“你应该已经听说了吧？”

“听说什么？”俄莱娜打断道。

“你的凯奇·利吉特又出手了，”福尔摩斯说道，“他今天早上抢了皇家博物馆，在光天化日之下骑着马逃之夭夭，带走了‘波斯之星’。”

“我的上帝，”俄莱娜喘着气说道，“太可怕了！”

“确实挺可怕的，”福尔摩斯赞同地说道，“和德黑兰的关系原本已经够紧张了。如果我们不能及时归还珍宝，他们恐怕会更加火冒三丈的。当然，”他补充道，“要是我们够幸运，应该不会到这一步。”

俄莱娜说：“你的意思是已经找到利吉特兄弟了？”

“我想是的。华生和我准备待会儿一离开这儿，就去会会他们。”

“算我一个。”杰西严肃地说道。

“我们不是已经讨论过这一点了，詹姆斯先生，”福尔摩斯声调严厉，“我保证，他们会为自己的罪行付出代价的。但是我绝对不会看着你对他们痛下杀手却坐视不管的。”

“即使他们先朝我开枪？”

“不管是谁，正当防卫，无可厚非。”

“那么我们就这么干，”杰西说，“眼下只有这样了。”

俄莱娜显出担忧的神色说道：“杰西，你不能去，街上到处都是因为抢劫案闻风而动的警察。”

“恐怕她说的是对的，”福尔摩斯说，“而且我要告诉你，詹姆斯先生，你的敌人这段时间可没闲着。他们已经在东伦敦遍散寻人海报，上面的画像和你本人可是非常相似。”

“这正是我的机会，”杰西说道，“而且，天也快黑了。”

“或许吧，”俄莱娜说，“但这还是有点冒险，而且毫无必要。记住，”她继续说道，“一旦我们贴出赏金，凯奇·利吉特一定会自动上门。”

“什么赏金？”福尔摩斯迅速问道。

杰西没有回答，说道：“凯奇·利吉特上钩，恐怕要几天，甚至几个礼拜。现在就是机会，我喜欢。”

“好吧，但是至少要理智点，坐我的四轮马车去吧，”她央求道，“警察看见车上的蒙太古盾形徽章，应该不会拦住你们。”

“好主意！”福尔摩斯说，“谢谢您，伯爵夫人。我们这就打发走等着的出租马车，改坐您的车。”

第十九章

消失的哥哥

还没跳上车加入其他人之前，福尔摩斯告知了马夫目的地，“伦敦池，一家叫做偷猎者俱乐部的酒吧，在卡伯街上。”

“是，先生。”普雷斯科特说道。

福尔摩斯关上身后的门，坐到华生身边。杰西动手了。他猛地拔出一把手枪，指着福尔摩斯。华生惊讶地瞪大了眼，他伸手去掏自己的佩枪。

“别动，华生，”福尔摩斯快速地说道，“没有暴力相向的必要。詹姆斯先生怀疑我给他布了个局。”

“难道不是？”杰西问道，他接着说，“你可以收手了，福尔摩斯。我们已经留心你有段时间了。”

福尔摩斯扬了扬眉毛，“‘我们’？哦，对了，当然还有伯爵夫人。她跟你说了什么？我不值得信任？我其实在为警局效劳，目的是将你绳之以法？”黑暗的车厢里，福尔摩斯的嘴抿得更紧了，“我想我们还是打开天窗说亮话吧，詹姆斯先生——从伯爵夫人开始。”

“她怎么了？”他小心翼翼地问道。

“她恐怕一直在利用你。或许起初并没有，但当她发现你的真实身份之后，就开始了。”

“你在胡说什么？”

“今天早上丢失的‘波斯之星’——难道你不是为了她干的？”

“你知道并非如此，”杰西平静地说，“见鬼，不是你自己说是凯奇·利吉特干的？”

“那是为了伯爵夫人才那样说的。”

“何意？”

“我不想让她知道我已经注意到她的小把戏了。”他前倾着，凑近杰西说，“现在可以承认了：俄莱娜让你去偷‘波斯之星’，是不是？就像她过去通过中间人雇人替她偷东西一样。”

“你这样胡言乱语，可有证据？”

“我调查伯爵夫人绝非一两天了。她有没有跟你提起她的过去？”

“她说她的爸爸在堪萨斯城开了一家旅馆，”杰西一脸不情愿地说道，“她就是在那儿遇到了她的丈夫，那个什么伯爵。”

“哦，她确实是出生在堪萨斯城。但是，她遇到伯爵的时候，是女皇沙龙的舞女。她的真名是俄莉·考彬。她出身非常贫穷，可是品味却相当的昂贵。她很有心计地将蒙太古伯爵迷得七荤八素，然后顺利地嫁给了他，好继承他的财产。”

“胡说八道！”

“我也希望这只是个谎言，詹姆斯先生，因为其实我这样说，感觉也不爽。事实是他们从美国回来没几个月，伯爵就遭遇了不幸的事故。据伯爵夫人这位唯一的目击证人所言，他当时正在下楼梯，结果一步没踩稳，摔了下来，脖子断了。伯爵夫人显然很伤心，不过她的律师阿希礼·丹弗斯·科尔怀疑事情并非如此简单。他自己检查了尸体，发现伯爵的伤显示他应该是往后倒的，并非像伯爵夫人所说的向前倒去。而他对伯爵的上身进行了更彻底的检查之后，发现两边肩膀上各有五处小瘀伤，正好和五个手指印吻合。它们并不明显，所以不足以说明什么，除了知道伯爵有血管炎症，这就是为什么他容易有瘀伤。”

“那这个律师为何没有向警察告发她？”

“因为这证据最多算是间接推测而来，可以有各种解释，”福尔摩斯说，“但是，对于她居然在谋杀了这样一位品行高尚、值得尊敬的先生之后，还能逍遥法外，他非常气愤，所以让我留意她，静待她再次犯错。”

“我没等待太久，”他接着说道，“很快我们就发现伯爵夫人痴迷于对财富和美貌的追求。她性情倔强，固执己见，为了得到想要的东西，她会不惜一切代价，包括背信弃义。”

“你是说她像马基雅弗利似的不择手段？”杰西说道，回想起俄莱娜描述福尔摩斯时用的词。

福尔摩斯疑惑地看了看他，像是很惊讶他这样背景的人怎么会用这样的词。“某种程度上，是的，”他接着说道，“你有没有看过她的藏品？当然我没法枚举其中的每一件珠宝，其中的大部分也都是合法购得。但是她最近有一些值得怀疑的收获，譬如珍稀的泪滴形耳环，黄金镶钻吊坠，珍珠手镯，和三串黑玉、缟玛瑙和碧玉组成的纪念项链。我不是珠宝业的专家，不过我可以想象‘波斯之星’此刻就和在它们一起。”

杰西不安地看着福尔摩斯，“如果这是你天马行空的推理，我可不会上当。”

“你还是不信任我？”没有得到杰西的回应，福尔摩斯接着说，“先生，如果你还不相信我的话，你还是开枪吧。”

“福尔摩斯！”华生轻声说道。

福尔摩斯绷紧了身体，杰西仿佛离叩响扳机只有一步之遥。但看到福尔摩斯凝视的双眼中的真诚直率和镇静自若，这位密苏里老兄犹豫了。

福尔摩斯的笑容转瞬即逝，“犹豫不决可不是你的风格，詹姆斯先生。”

“我是不会武断地砍下别人的脑袋，” 杰西怒吼道，“但是我们实话实说吧——不要因为我迟疑，就认为我不会一枪崩了你，如果……”注意到马车开始减速，他停了下来，瞥了一眼窗外。“我们到了？”他问道。

福尔摩斯端详着外面的夜色，“是的。”

杰西冷冷地看了福尔摩斯一眼，然后将科尔特手枪放进了肩带枪套里，“走吧。”

普雷斯科特将马车停在通往酒吧的马路对面。三剑客从里面爬了出来，端详着周围的环境。此刻的夜晚很安静，硫磺色的薄雾沿着泰晤士河翩然而至。抛锚停泊的船上闪烁着点点灯光。街对面的酒吧突然传出一阵笑声，他们互视了一眼。

“记住我们的约定，詹姆斯先生，”福尔摩斯说道，“你正当防卫或许无可厚非，但是我绝不会对冷血的杀戮袖手旁观。”

杰西只嘟哝了一声，意思含糊。紧接着，他穿过马路，向酒吧走去，福尔摩斯和华生紧随其后。

酒吧里面一片忙碌，客人们不得不大声吼叫，才能让自己在一片嘈杂声中脱颖而出。卷烟和烟斗的烟雾不停地漂移着，像一把巨大的、无法逃脱的伞，笼罩着屋里的一切。福尔摩斯不得不眯起眼睛，搜寻着他们的猎物，终于在角落的桌子边找到了这几个鬼鬼祟祟、弓着背坐着的人。不过不是他预期的五个，而是其中的三个人，倒是和他的线人说的一致。其中有一个深色头发的年轻人，身边还有一个大块头的黑白混血和一个红色头发的家伙。

“如果我没弄错的话，”福尔摩斯对杰西说，“那就是杰克·利吉特？”

杰西点点头，他冰蓝色的眼睛危险地半睁着，“另两个参与了抢劫俄莉。”

他往前走去，华生将自己的韦伯利枪抵住了杰西的脊椎，他停下了脚步。“不要心急，詹姆斯先生。”他透过咬紧的牙关说道。

杰西转过脸轻蔑地看了他一眼，“你应该不是背后开冷枪的人吧，华生？”

“当然不是。但是我想，如果腿或者肩膀上的子弹能够让你在鲁莽行事之前三思的话，也是不错的主意。”

杰西没有理会他的警告，目不斜视地朝着这几个人大踏步走去。

来到角落的桌子前，他停住，轻声地说道："不好意思，打断一下，伙计们，我接下来是要抢哪里？"

这三位吃了一惊，忙抬起头。他们认出了杰西，脸色立马变得煞白。

他夹克衫往后一扬，露出了两把肩套手枪。他接着说道："或许又是一家银行吧？"

杰克·利吉特瞬间胆怯起来。他试着镇静下来，然后挤出了一个讥笑的表情，试图掩盖自己的胆战心惊，"哇，这不是杰西·詹姆斯本尊吗？你现在准备干什么，詹姆斯——是想一枪崩了我们？这可不是密苏里，我们手无寸铁。"

"我母亲和萨缪尔医生，还有小阿奇也是手无寸铁——可是你和你那毒辣的哥哥还是对他们下手了。"

"那是个错误，而且你知道……"杰克说道。

看见杰西掏出了手枪，他住了嘴，警觉起来。

"我想对犯错的人犯个错误或许是可以的。"杰西一边说，手指一边紧紧地勾住了扳机。

"如果你朝他开枪，"杰西的身后响起平静的声音，"那我们可就再也找不到他哥哥的藏身之处了。"

杰西将头转过肩膀，瞥见福尔摩斯和华生正表情凝重地注视着自己。杰西转过头去，重新面对着杰克·利吉特，想要一枪崩了他的冲动已经近乎无法控制。杰西极其不情愿地将手枪放回到肩带皮套里，紧紧贴着杰克说道："你想活命的话，就赶紧告诉我们你哥哥藏在哪儿。”

“我没有哥哥。”杰克说道。

“不要用谎言侮辱我们的智商。”华生说。

“我没有撒谎。”杰克转过脸对着同伴说道，“我有哥哥吗？”

他们很庄严地摇了摇头。

“不好意思，”杰克油嘴滑舌地说道，“没有什么哥哥。”

杰西猛地拔出科尔特手枪，开了一枪。

杰克大叫了一声，紧握着自己的右手，血从指间喷了出来。“你这个杂种！”他哀号着，轻轻地将受伤的手放在胸前。

华生脸色发白，喃喃说道：“我的上帝……”

酒吧里的所有人都陷入沉默。看见杰西的枪和杰克血糊糊的手，他们迅速地拖着脚往后退了一点，给角落里桌子边的这群人留有足够的空间。

此时，杰克查看着自己流血的手，发现小指的指尖不见了，只残留着一截参差不齐、血淋淋的手指。“该死的！”他朝杰西怒吼道，“只有胆小如鼠的懦夫才会朝徒手的人开枪！”

杰西很快掏出另一把科尔特手枪，放在杰克面前的桌子上。“拿起来。”他说。

“你会在我还没拿起来的时候，就给我一枪，所以不用了，谢谢。”

杰西将自己手上的科尔特枪放回肩套里，又往后退了几步。“现在怎么样？”他说道，“还是说你压根没胆和我公平较量？”

杰西脸色煞白，没有回答。

“依我看，” 瞅着杰克纹丝不动，杰西嘲弄道，“你和你哥哥残害妇女，杀害儿童倒是非常胆大妄为……但是换成会开枪反击的人……你们就变成了彻头彻尾的胆小鬼，是吗？”

杰克紧张地舔了舔了嘴唇。“你是在找个杀我的借口而已，” 他说道，“我就给你这个借口。”

杰西笑了，杰克的血液都要被这个残酷而危险的微笑给冻住了。

“不是我在找什么借口，” 他说道，又掏出了自己的科尔特手枪，“而是你和凯奇对我的家人所犯下的罪行。要么你说出你哥哥的藏身之处，要么就再给耳朵来一枪，杰克，你自己选。”

他用大拇指扳回了击铁。

“不，不！” 杰克央求道，“不……不要，不要开枪。放下你那该死的枪。”

“告诉我凯奇在哪儿，我就不开枪。” 杰西说。

“我不能！我是说，现在太晚了。我哥哥已经匆匆离开了！他听说你在找他……他去了北方，说是找到落脚的地方，就给我写信。”

“你在撒谎！” 杰西咆哮道。

“我发誓！”

杰西将科尔特枪对准了杰克的右耳。

“不，不要……求你了，不要。我……”

话未说完，有人进了酒吧，杰西看见杰克的脸上分明写着，他认识这个人。

杰西觉得可能是杰克的哥哥，猛地转过身，准备射击——但是他看到的却是一个贼眉鼠眼、留着鼻涕的小个子，是艾尔菲·亚当斯。他认出了杰西，转身就准备逃跑。

杰西迅速地开了一枪，子弹射进了艾尔菲脑袋边上厚厚的木门里。艾尔菲害怕地尖叫起来，转过身，逃出了酒吧。

杰西抓住杰克，将他拖到自己的脚边，用六发左轮手枪抵住他的太阳穴，“老实点，见鬼，要不然一枪崩了你。”

华生正准备说话，但是福尔摩斯简单地做了个手势，让他闭嘴。

杰克迟疑了一下，害怕地瞪大了双眼。杰西用大拇指扳回了击铁，杰克此时崩溃了。“好吧，好吧，”他哀鸣道，“我告诉你。”

“你不仅要告诉我们，”杰西吼道，“还要亲自带我们去。记住，杰克，如果那个猥琐的小个子跑去向凯奇告密，而凯奇准备伏击我们的话，你就等着吃第一颗子弹吧。”

第二十章

死神来了

艾尔菲一路逃回了驳船。筋疲力尽的他蹒跚着上了船，在甲板的天篷下面找到了凯奇·利吉特。他上气不接下气地说着自己在偷猎者酒吧看到的一切。“就是他，头儿！我以我死去的妈妈起誓，就是那个持枪美国佬，坏了我们和伯爵夫人好事的那个。不过这次是和两个有钱人一起。”

凯奇不安地咬着唇，“他们长什么样？”

“一个瘦高个，另外一个拿着个手杖。”

凯奇皱了皱眉，没有任何印象。“继续。”他说道。

“那个美国佬，他开枪打了你弟弟，凯奇！我刚进酒吧的时候，就听到‘砰’的一声，当时还不知道咋了，直到我看见他手里拿着一把发红的大号手枪站在那里。”

凯奇艰难地咽了下口水，“他杀了杰克？”

“没，没有，貌似就是受了点伤。趁他没来得及给我也来一枪，我一溜烟就跑了。”

“他们有没有跟踪你？”

“没有，至少我没感觉到。但是谁知道呢。或许因为有雾，我没看见。”他擤了下鼻子，然后用袖子擦了擦，接着说道，“他们坐马车来的。”

“你怎么知道？”

“马车在路对面等着呢，我看见了。就是你赶走布莱克雷特的那晚，我和他们抢的那辆车，我认得车门上的徽章。”

凯奇看着窗外，想要看穿那漩涡状的雾。这么说，杰西已经找到自己了，他忧心忡忡。好吧，管他呢。至少他已经占了先机了。再说还有这雾呢。走运的话，还能用这雾给杰西设个陷阱……趁他没掏出枪之前，先从背后给这个亡命徒来一枪。

“在这儿等我。”他对艾尔菲说道。

“什么？然后被一枪毙了？我可不要流血。”

凯奇一把抓住他，将他举得双脚都快离开甲板了。“要不我给你口袋里塞上石头，扔到该死的河里？”

“好，好的，”艾尔菲一边说，一边扭着身体，“我老实等着。”

“你要时刻提防着。要是听见或者瞅见马车，赶紧告诉我。”艾尔菲还没来得及吱声，凯奇就飞一般地顺着楼梯下到了船舱里。

没几分钟之后，他就回来了，裤腰上塞着一把海军型科尔特手枪，手里提着两盏没点亮的油灯。

“我们这么办。”他一边说着，一边塞给艾尔菲一盏灯。

“你是要拿这个决一死战？”

“还有什么别的选择？”凯奇问道，“我都跑出了六千英里之外，杰西还是找到了我。不，”他严肃地说道，“我们这次要搞定他，一劳永逸，来吧。”

他领着这个心惊胆颤的小个子上了岸。到了码头上，他们各就各位，艾尔菲躲在狭窄小巷另一侧的废弃仓库门口，凯奇藏在一堆空桶后面，这些桶正等着当地的车夫拉走。现在剩下的就是最难熬的部分——守株待兔了。

时间真的是度秒如年。凯奇的神经绷紧，充斥着霉味的空气里每一点零星的响动都能让他心惊肉跳。

突然，他全身僵硬。他分明听见了雾里越来越近的马蹄声，还有车轮在湿滑的鹅卵石上发出的“咔哒”声。他这时想起了手里的灯。他忙掏出一根火柴，在桶上划了一下。火柴“噼啪”响了一阵后，灭了。他又手忙脚乱地找了另一根火柴。这次，火柴着了。他迅速地点亮了灯。

马车越来越近了。透过桶之间的缝隙，他窥见薄雾中一个逐渐变大的模糊黑影。

他口干舌燥，等它再靠近些。他摩拳擦掌，准备为即将到来的生死之战放手一搏。这次要是干成的话，就再也不用过着受人监视的日子，还能为杰克报一枪之仇。

夜色里马车奔驰而来，薄雾缭绕在奔跑的马儿周围。马车来到了他平行的地方，凯奇纵身一跃，猛地将手里的油灯透过开着的侧窗扔了进去。伴随着震耳欲聋的“哗啦”一声，玻璃碎了，紧接是“呼”的一声，油烧了起来。

几乎是同时，路另一侧藏着的艾尔菲也将手上的灯扔进了马车里，烧了起来，刹那间，典雅的布鲁厄姆式马车变成了奔驰的火灾炼狱。

受惊的两匹马儿疯了似的往前狂奔，一边翻眼看着身后，努力想要跑赢紧随其后的大火。

凯奇跳了出来，全速地和马车并肩奔跑，拿着柯尔特手枪朝马车一通横扫，子弹悉数出膛。这下受惊的马儿嘶叫得更厉害了，跑得更快了。它们朝着街尽头的拐角跑去，身后燃烧的马车剧烈地摇晃着，在仓库墙上留下了跳跃的影子。可是它们跑得太快了，烈火中的马车向一边倾覆着，然后侧着垮塌了，火花阵雨般地向天空飞去。马车的辕杆脱离了齿轮，车子发出了一声巨大的裂响。马儿终于摆脱了火光熊熊的马车，一溜烟消失在了雾里。

凯奇呼吸急促，但是仍然停不下激动的脚步，奔向了燃烧的马车。他努力向车里张望着，期望能瞅见身处火海的杰西和他的朋友，可是火焰太大，他不得不保持距离。艾尔菲朝他跑了过来，一边气喘吁吁地喊着："干得漂亮，头儿！"

他们站在那儿，看着燃烧的火焰，火舌烤得他们两颊滚烫，不过凯奇很是享受这一刻。他简直没法相信，最后一切来得这么容易。现在只有一件事，让他放心不下。

"车夫在哪儿呢？"他问道。

"嗯？"

"我没瞅见车夫的影子啊，"凯奇说，"这个家伙是无人驾驶的。"

“或许他摔下去了，”艾尔菲给出了个聪明的建议，“又或者着火的时候跳下去了。”

“不用担心车夫，”一个声音在他们身后响起，“在我们差遣这辆马车先行出发之前，让他走了。”

凯奇和艾尔菲立即转过身，看见杰西从雾里大步走上前，旁边是福尔摩斯和华生。华生用他的佩枪抵着前面的杰克·利吉特。

“见鬼！”艾尔菲说道，“我们被耍了，头儿。”

“确实是的，先生们。”福尔摩斯肯定地说。

凯奇怒视着杰西。这是个感觉很奇怪的时刻。他觉得自己很了解这个不法之徒了，但这却是他们第一次面对面站着。他诅咒着，举起枪准备给杰西一枪——可是他突然想起自己已经弹尽枪空。

他全身冰冷，幸好还能坚持住没有哀嚎。“来吧，”他斩钉截铁地说，“开枪吧，让我们做个了断。”

“不要诱惑我。”杰西说。

“先生们！”福尔摩斯说，“在警察来之前，你们都老实待在这儿，之后你们会被带走，就对你们的控告，接受太平绅士的庭审和宣判。至于你，利吉特先生，会被驱逐回美国，涉嫌谋杀密苏里的泽瑞达·萨缪尔未遂和谋害她儿子阿奇。”

“去你的！”

凯奇将自己的空枪砸向杰西。

这位密苏里老兄躲开了，但是凯奇的目的已经达到了——分散他的注意力。凯奇趁机向杰西扑了过来，他的重量和力度让两人都摔倒在地。

同时杰克用肘部撞了下华生的肚子，顾不上自己受伤的手，朝他扑了过去。两人栽倒在地，扭打起来，抢起了华生的左轮手枪。

艾尔菲瞅准了机会，猛地掏出一把锈迹斑斑的货钩，朝福尔摩斯猛扑过去。

他无从知道福尔摩斯是个日本格斗技①的高手，福尔摩斯挡住了他的攻击，侧推了他一下，然后快速地旋转，抓住了艾尔菲的裤带，往前一倾，利落地给了他一个过臀摔。

艾尔菲重重地摔在地上，货钩滚到了一边。他赶紧起身去追，福尔摩斯向前一跳，挡住了他的去路。艾尔菲犹豫了一下，重展攻击。这次福尔摩斯用前臂挡了一下，挥出了一记掌劈，击中了艾尔菲脖子上的主动脉。孤立无援的艾尔菲几乎失去了知觉，只能感觉到福尔摩斯猛击着自己的左肩。他向后踉跄了一下，福尔摩斯趁机顺着艾尔菲的脚往上钩住了他的一条腿，从下方将这个小个子罪犯的双腿扫离了地面。

与此同时，杰西摆脱了凯奇，赶忙站了起来。凯奇也站起身，两人绕着圈，都在找可趁之机。这时凯奇突然对杰西发起了攻击，疯狂地挥舞着拳头。杰西躲过攻击，握紧双拳将凯奇击倒在地。这位前平克顿探员迅速地爬了起来，突然向前冲去，伸手要抢杰西的科尔特枪。他倏地从一个肩套里抽出了一把枪，后退了几步，举起枪，准备瞄准。

---

① 即日式摔跤。

这时候他听见了身后有人靠近的声音。以为是杰西的同伙，凯奇转过身，开了枪。

当他看清来人是自己的弟弟时，已经太晚了。弟弟将华生摔倒在地，急匆匆地奔来，想要帮凯奇搞定杰西。

杰克停下，肚子里的子弹让他弯下了身子。他双眼圆睁，双唇微张，盯着凯奇，仿佛无法相信发生的一切。

凯奇恐惧的双眼里同样也写满了难以置信，“杰克？”

杰克张了张口吐白沫的嘴，但是发不出任何声音。他踉跄着向前跌倒在地，气绝身亡。

凯奇发狂一般，拔腿向弟弟奔去。这时他想起了杰西，转过身，准备开枪。他还没来得及扣动扳机，福尔摩斯将他手里的枪一脚踢飞。看见杰西要拔另一把科尔特枪，凯奇失去了斗志，逃进了雾里。

“见鬼，福尔摩斯！”杰西厉声说，另外想要趁雾还没有完全吞没凯奇之前，瞄准他，“滚一边去！”

但是已经太迟了。凯奇现在只剩下渐行渐远的脚步声。

此时，华生正在检查杰克，福尔摩斯也在旁边。华生抬起眼，摇了摇头，暗示杰克已经无药可医。

杰西加入其中，瞥了一眼脚下的尸体。“一个搞定，”他表情严肃地说，“一个在逃。”

“如果可以，我们要活捉他。”福尔摩斯提醒道。

“凯奇是不会束手就擒的，”杰西说道，“我也不答应。”

不发一言，他怒气冲冲地向着雾里跑去。

华生掏摸出了叫车口哨，说道：“去追他，福尔摩斯。在警察来之前，我会看着这两个人。福尔摩斯？”

“嗯，华生？”

“看在上帝的份上，小心点。”

福尔摩斯冲进了薄雾里，华生迅速地连吹了三次口哨召唤警察。

杰西绕过街角，只剩自己匆忙的脚步声和烧着的马车间歇的“劈啪”声。他在雾里搜寻凯奇的踪迹，却什么也没看见。他从掩身之处走了出来，快速地走进路中央，屏住呼吸，血冲上了耳朵。

这时突然传来了一阵沉闷的马蹄声，一个大块头快速从雾里冲了出来。杰西忙闪到一边，凯奇骑着一匹拉车马，向他冲了过来。他们轰隆隆地从杰西身边飞驰过去，马的肩胛斜着撞向了杰西。他踉跄着往后退了几步，失去了平衡，匆忙中打的一枪消失在缥缈的雾里。他很清楚自己没有命中目标。

他听见了身后传来的另一匹马的嘶叫，急忙循着声音走去。大概走了二三十步，他在前方的雾里瞅到了马儿。它站在那儿，一动不动，连步子都迈不了，原来它的后腿被拖曳的缰绳勒住了。

“放轻松，伙计，”杰西用抚慰的口气说道，“放松……放松……”他将枪放回肩套里，慢慢地靠近马儿。

走到马儿身边，他轻轻地抚摸着它的脖子，用折叠刀割开了缰绳结和一些搭扣，然后一把抓住马的鬃毛，跃身上马。他将马调转头，正准备抬起靴刺，一个人影从雾里走到他跟前，胳膊举过头顶，使劲地挥舞着——是福尔摩斯。

“快让开！”杰西喊道，“凯奇正往那边逃走了。”

福尔摩斯奔到马儿身边，张开双臂。

“拉我上马。”

“你疯了？要是两个人骑，我们就抓不到他了。”

“要么一起，要么别去。”福尔摩斯坚定地说道。

杰西骂了一句，但是知道他们没有时间争吵。他抓住福尔摩斯的手，将他拉到身后。他扬起靴刺，马儿狂奔起来，他们毫无方向地冲进了寂静无声、缥缈旋动的雾里。

第二十一章

泰晤士隧道

他们在夜色的雾中奔驰，福尔摩斯正在努力找回自己的方向感。在他的左边是平静而黝黑的泰晤士河，停泊的船舶上方盘绕着黄色的薄雾。他的右边是高高的仓库，矗立在雾中。鹈鹕码头，冈沃夫码头，然后是煤炭码头。就在福尔摩斯明确了他们的大概方位时，雾里突然传来一阵声响。杰西听见左方传来渐近的马蹄声，很快拉紧缰绳，掏出了他的和平捍卫者手枪。

过了一会儿，凯奇骑的马快步跑来——却不见骑手的身影——马儿认出了自己的伙伴，发出了“呼哧呼哧”的声音。

杰西和福尔摩斯互相看了一眼，流露出惊讶的眼神。

“他是掉下马了？”杰西问道。

“可能。”

“那么，他又回到了地面，等待机会伏击我们。”

福尔摩斯正在夜色中侧耳倾听——听着这沉寂的夜晚。

“我知道了！”杰西愤怒地发出尖利的声音，“这个狗杂种甩掉了我们！去你的，福尔摩斯，要不是你，我早就一枪……”

“安静！”福尔摩斯打断了他，“听……”

杰西竖起耳朵，只听见远处传来的火车声，“那是……”

福尔摩斯转过身，四周瞅了瞅。最后，他做出了判断。透过笼罩着的薄雾，他手指前方，“在那儿！”

“哪里？”杰西眯着眼睛打量着，“我只看到个什么楼，像是教堂。”

确实是容易混淆的模糊影子。这个建筑整体呈八角形，上面是一些很大的门，和看起来像是大理石的墙壁。

“确切地说，那并不是楼，”福尔摩斯纠正道，“那实际上是一条很旧的、通往泰晤士隧道的人行通道。”

“泰晤士隧道是什么玩意？”

“那是贯通河底，连接沃平——就是我们脚下的地方——和对岸罗瑟希德的通道。”

“那凯奇是钻到那底下去了？”

“否则他不会弃马而走，”福尔摩斯说，“他也没有别的去处。”

“好吧，”杰西嘟囔道，“那我们去攻其不备。”

他轻触了马儿一下，向隧道的入口走去。走近之后，才越发感觉这建筑的宏伟和气势磅礴。马儿有些犹豫，他策着马穿过了其中一扇门，来到了一个直径约五十英尺的圆形大厅。另一匹马儿也温顺地紧随其后。马蹄在马赛克的大理石地面上踩出“哒哒”的声音，在拉毛粉饰的墙面上回响着，直到他们停了下来。

他们的鼻子里充斥着泰晤士河潮湿的霉味。

前方，在离河最近的圆形大厅一侧，有一个类似岗亭的房子，边上有一个破旧生锈的铜制旋转栅门。福尔摩斯不发一言，溜身下马，敏捷地穿过了门。对面的墙上有扇门，他小心翼翼地推开一道缝。

耳边传来一阵回声——有人匆忙下石阶的声音。

福尔摩斯和杰西交换了下眼色。杰西从马上一跃而下，穿过栅门，两个人一起推开了门。

门后是一口圆井，周围灯光很昏暗，井连着一段灰尘弥漫的大理石台阶，通往下面中央处的长廊，然后一直通向八十英尺深的大理石平台。

沿着石阶往下狂奔的是凯奇·利吉特，他就快要到底了。

杰西高声喊道："凯奇！"

凯奇往上瞟了一眼。黑暗中，他的脸透出粉笔般的煞白，惊恐地圆睁着大眼。他愣了一会儿，然后迅速地朝他们开了一枪。

杰西还击了一枪，但是子弹打到了栏杆扶手，弹了出去，"嗖"的一声消失在黑暗里。

身处下方的凯奇已经全速逃走了。

杰西和福尔摩斯不约而同地跳起来，追了出去。这是一个很陡峭的高度，贸然跳下去很可能会跌落，但是两个人似乎都没空理会这一点，奋力跳了下去，全力赶在凯奇完全逃脱之前，奔到平台。

来到平台，他们发现这就是上面那个圆形大厅的翻版，一样的昏暗，由稀稀拉拉、嗞嗞作响的煤气灯照明。在后墙上有两扇装饰华丽的拱门，每一扇都通往一样的隧道。每条隧道都有十四英尺宽的路，上面铺着火车道，路边还有大约三英尺宽的人行道。因为这里通风不佳，空气里充斥着难闻的烟味，不过杰西仍然感觉身处地下教堂一般。隧道约二十英尺高，接近四十英尺宽。每一条隧道都由一系列华丽的拱门支撑。灯光很昏暗，阴暗处显得更加幽深，杰西能感觉到看不见的眼睛在盯着他们——不止凯奇·利吉特。

福尔摩斯也感觉到了，“小心点，詹姆斯先生。这曾经是世界第八大奇迹，一条行人和马车同时通行的大道。”

“然后呢？”

“它没有招揽到足够的顾客，被出让给了东伦敦铁路公司，现在用来运输货物。但是这里也是小偷和流浪汉集中的地方，他们会上来就让你一刀毙命，仅仅因为你的……”

隧道里又一声巨大的枪响，他们俩赶忙紧贴住墙壁。枪声还在回荡，杰西已经跳进了隧道，开枪还击了。

凯奇已经跑到了四十码开外了，仍然在奋力奔跑。杰西的子弹击中了远处的拱门，差点就命中了凯奇的头部，迫使他逃离了人行道，跑上了铁道。

杰西紧随其后，忽长忽短的影子在左侧满是污垢的墙上也在全速奔跑着。

福尔摩斯追赶着他们，但并未跑出很远，因为他发现连接两条隧道的拱门下面充斥着粗鄙凌乱的床铺，做饭用的炉子，散乱的个人物品——还有各种人。

听到了交火的声音，他们中的一帮人警觉起来，拖着脚从前方的夜色里走了出来。有些人还攥着火把，想要看清枪战的缘由。他们全都背对着福尔摩斯，挡住了他的去路，他别无选择，要么停住脚步，要么冲进人群。

“那是什么人？”

“怎么了？”

“看见了没？”

“看见了！看！一个拿枪的家伙。”

“是两个拿枪的家伙——看！”

人群中有个人瞥了下四周，看见了站在他们后面的福尔摩斯。

“嘿，你是谁啊？”

他们整齐划一地转过身，看着福尔摩斯。

“我打赌，他是跟那两个家伙一道的……”

“就是不知道他有没有枪！”

对于这帮不太友好的人来说，福尔摩斯刹那间成了他们关注的焦点。这些人蓬头垢面，奇形怪状，拖着脚胁迫着向他逼近，即使是福尔摩斯这般勇猛之人，也心有戚戚。他们以男人居多，都是破衣烂衫，过大的帽子盖不住肮脏无比的脸。他们的眼白呈病恹恹的黄色，目露凶光，牙齿不是参差不齐，就是污渍变色，或者干脆掉光了。

女人们也好不到哪儿去。她们披着破烂的披巾，炭黑色的皮肤像男人憔悴不堪。福尔摩斯看见其中一个女人还抱着个婴儿，不禁吃了一惊，圆睁着眼睛，这些可怜的家伙不仅自己身处地狱之门，居然还在此繁衍生息。

他意识到现在不是感叹之时。对于这些不幸的人而言，生活就是痛苦的差事，而且他非常了解这些人：他们碰上任何机会，无论合不合法，就会借此改变人生际遇——即使是杀人也在所不惜。

他直起身，命令面前的这群人赶紧让开。

但他们丝毫没有让步的意思。

“听见没？”福尔摩斯严厉地叫道，“不要挡道！”

“我们要是偏不听，”有人挑衅道，“你能怎么样，嗯？”

“你以为你打扮得人五人六，像个有钱人的模样，”另一个人说道，“就能到我们的地盘说三道四，指手画脚？”

人群中爆发出一阵“就是”的喊叫声。

福尔摩斯呼吸了一口激动人群中的陈腐空气，镇静下来。“我不是来指手画脚的，”他说道，“不过你们必须让我过去，这样我——”

话未说完，他的声音就被四周愤怒的男男女女们的叫喊声淹没了。他们肮脏憔悴的脸因为忿恨显得愈加愠怒、好斗。有些人诅咒福尔摩斯，还有的则带着敌意向他逼近。

离福尔摩斯最近的那个人从破旧的夹克里掏出一把刀子，朝他的脸上挥舞过去。这个人距离如此近，福尔摩斯都能闻到他身上的恶臭味，瞅见他浑浊的右眼，像是馊牛奶的颜色。

“好吧，您呐，”这个男人咆哮道，“想要从此过，留下买路财！钱包掏出来！”

福尔摩斯还没想好对策，隧道里又响起了一声枪响，惊得那个婴儿哇哇直哭。福尔摩斯意识到这些人应该是一直跟在他身后，而此刻此处正是危机四伏，赶紧掏出了钱包，向右方这些人的头顶扔去。

“给你们，”他说道，“让我过去！”

话音未落，人群四散，纷纷寻找钱包，他们相互诅咒，推来搡去，急匆匆地消失在阴暗处。

福尔摩斯瞅准了机会，干了一件以前从没做过的事情：逃跑。

隧道前方很远的地方，杰西正在慢慢地赶上凯奇。凯奇感觉到自己很快就要被抓住了，于是忽地转身开了一枪。子弹差点击中杰西，在他脑袋边的墙上弹了出去。杰西并未停下脚步，掏出科尔特手枪，快速瞄准，然后开了两枪。

凯奇嘟囔了一声，摇摇晃晃了几步，然后跌落在铁轨上。

成功了。杰西想着，简直不敢相信自己的眼睛。命中目标，大功告成。

他心跳剧烈，慢慢走向尸体。

凯奇·利吉特趴倒在地，脸扭向一边，左脸颊压在路基石块上，石块在两条铁轨中间被压制得非常紧实。杰西低头看了他一眼，几乎有些失望，因为仇敌死得实在太快太容易了。

他想到了妈妈和阿奇，想到弗兰克和……

凯奇突然翻身跃起，扣动了枪的扳机。

杰西猛地向后躲闪，埋怨自己为什么没有看出凯奇的伪装，子弹擦伤了他的左胳膊，从墙顶上弹了出去。

凯奇骂了一句，然后又开了一枪。

杰西也同时瞄准凯奇，开了一枪。

两把枪的弹膛都空了。

两个人瞬间僵住了，都意识到自己没了子弹。

这时凯奇猛地将自己的空枪扔向了杰西，匆忙地站起身。杰西也发起了攻击，这几个月以来被压抑的愤怒像火山一样剧烈喷发了。他一把将凯奇扔到墙上，试图扼死他。两个人扭打了一阵，都想占领上风。凯奇用膝盖猛撞了杰西的胯部。因为疼痛，杰西弯下身子，凯奇紧握双手，全力向下击打在杰西的头上，打得他跌落在铁轨上。杰西还没爬起身，凯奇开始踢他的肋骨。

绝望中的杰西一把拽住凯奇的脚踝，猛地将他拉倒在地。杰西翻身跨坐在他身上，不停地击打着他。

但是凯奇并未屈服。他将双腿抬高，绕住杰西的脖子，使劲将他往后拽去。杰西的脑袋“砰”地一声撞在了斑驳的铁轨上。他暂时失去知觉，但仍然能感觉到凯奇的腿夹得更紧了。杰西无法呼吸，几乎要昏过去了。绝望中，他试图打破束缚，但那是不可能完成的任务。

尽管他费尽全力，还是逐渐失去意识。凭着想要逃脱的最后一下拼命挣扎，他向左转动了一下，同时猛烈地踢着凯奇的大腿。这个举动让凯奇向一侧倒去，脸撞到了铁轨的枕木上。但他很快站了起来，掏出布莱克雷特标志性的牛角柄的小刀对着杰西一番比划。

“来啊，快来啊！”他大声喊叫着，血从鼻子流到他那貌似自行车把手的翘八字胡上，“让我们一决雌——”

话未说完，杰西一脚将他手上的刀踢飞。刀旋转着翻了几个跟头，打到了左侧的铁轨，刀刃插在了铁轨下面。凯奇俯身去够，他抓住刀柄，奋力地往外拔，但刀纹丝不动。他更加用力，但还是无济于事。听见杰西逼近的声音，凯奇绝望地将手放在铁轨的下方，想要将刀拽出来。

但是刀还是一动也不动。他更加使劲了，仍然毫无动静。更糟的是，凯奇意识到自己的手已经卡在了铁轨底部和它下面的石块之间。

他听见杰西的靴子“嘎吱嘎吱”的声音，抬起头，看见这个密苏里家伙正俯视着他。

“放弃吧，”杰西怒冲冲地喊道，“结束了。”

凯奇啐了他一口，最后一次奋力想要拔出自己的手。可是毫无起色，于是他说道：“好吧，来吧，你这个狗杂种，开枪吧！”

“我很想，”杰西说道，“非常想，但是我对福尔摩斯发过誓，我不会违背自己的誓言。你会回到美国受绞刑，以偿还你对我的家人所犯的罪行，我妈妈和……”

他听到远处的“隆隆”声，停了下来。

凯奇也听见了。

一辆火车正朝他们驶来。

凯奇因为害怕瞪圆了眼睛。恐慌中，他奋力想要拔出自己的手，但是没有成功，他央求道：“快帮帮我，杰西！帮帮我！”

杰西听见火车越来越近的声音，感觉到脚下的地在颤抖。

“对不起，”他冷冷地说，“我发过誓不会一枪崩了你，我可没说我会救你。”

“杰西，看在上帝的份上，”凯奇恳求道，“你不能让我这样死！”

“阿奇也没有想要那样死去，但一切还是发生了。”

火车的“隆隆”声越来越响，地面也越发颤抖得厉害了。

凯奇看见了杰西淡蓝色的眼睛里那冰冷、强硬的眼神，知道自己是死定了。他咬紧牙关，仍然试图拔出自己的手，但已经是垂死挣扎。

他闭上眼，开始放声大哭起来。

“见鬼！”杰西说着，跪在了凯奇身边，抓住了他的胳膊，使劲往外拽。丝毫没有松动。他又尽全力地试了一次，还是没有任何效果。

这时全速行驶的火车上的前灯拂过，在铁轨上留下一片弧线，潮水般向两个人涌过来。

凯奇尖叫着央求杰西的帮助。杰西则使出了全身的力气，想要帮他拔出手，可是仍然是白费力气。

他跳了起来，站在铁轨的中间，挥舞着手臂，想让迎面驶来的火车停下。

但是司机并没有看见他。这个拖着矮胖身躯，像是张着口鼻的机车怪物轰隆隆地朝他们驶来。排气管里的烟喷到隧道顶上，立马将其变得灰头土脸，然后又散落到已经黝黑的隧道两侧，就像水里盘旋下降的墨汁。

“快让我出去！”凯奇还在大声哭泣着，“看在上帝的份上，杰西，求你了，求求你！”

但一切都已经太迟。

向他们猛冲过来的火车拖着一列长长的满载货物的货车厢。

杰西意识到无望救出凯奇，准备迈出铁轨。

还没等他迈开腿，凯奇空着的手一把抓住了杰西的脚踝，将他拽倒在地。

“我要死了，”他咬牙切齿地说，“你也得跟我一起，你这个南方猪杂碎！”

杰西想要挣脱出来，但是凯奇死命地抓住了他的脚踝。

火车轰隆隆地驶来，离他们越来越近，几乎就要压过来了。

杰西绝望地朝凯奇脸上踢了一脚，但这位前平克顿特工仍然死抓着他不放。

这就是故事的结尾。凯奇死了，他也是。

这时不知从哪来的两只手抓住了他的肩膀，猛地将他往后一拉，挣脱了凯奇的手。杰西滚到了地上，正好落在旁边狭窄的人行道上。

火车就在这时瞬间压过了他刚刚的落脚点——凯奇待的地方。

他那歇斯底里痛苦的叫声淹没在飞驰的火车的巨大轰鸣声中。

杰西的心仍在“砰砰”直跳，转过身，他发现身后是福尔摩斯。

火车的噪音实在是太大了，不过福尔摩斯还是通过杰西的唇动，分辨出他说的那个词“谢谢”。

第二十二章

钻石女王

华生和警察赶到的时候，杰西已经消失在雾里。在接下来的陈述里，华生和福尔摩斯都没有提到这位来自密苏里的老兄。但是根据他们提供的信息，警察很快突袭了偷猎者酒吧，从店主那里知道了戴斯蒙德·欧理瑞和奥尔文尤·韦德洛克。这两个名字对于片区的警察来说简直是人尽皆知，不到一个小时，他们就在暂住的地方被捕了。他们被控抢劫克鲁斯·比希尔斯银行。警察搜查了他们的房间连同艾尔菲·亚当斯的房间，还有利吉特兄弟一直藏身的驳船，找到了绝大部分被盗的钱。

福尔摩斯和华生从博街[①]警局出来的时候，杰西从暗处走了出来，三个人走上街寻找出租马车。即使华生有节奏地吹着他的叫车口哨，还是花了不短的时间才找到，等他们到达蒙太古庄园

---

① 又译弓街。

的时候，已经过了午夜。

马车里一片寂静。尽管大家都有很多话说，但语言已经无法描述发生的一切，没人愿意打破这片静默。

俄莱娜一直在客厅里等着他们。看见杰西遍体鳞伤的样子，她丝毫不觉羞涩地扑到了他怀里。尽管他们三人都因为这个夜晚的经历精疲力竭，她仍然坚持要开香槟庆祝杰西的复仇成功。她让福特汉姆从地窖里拿来了一瓶香槟。

酒杯全都倒满，她开始祝酒："为了朋友……安全归来干杯。"

杰西和华生举起了他们的酒杯，但是一直在观察酒瓶的福尔摩斯温和地说道："为了钻石。"

俄莱娜奇怪地看了他一眼，感到了片刻的窘迫。但她很快就恢复了镇静，指着自己脖子上的钻石项链，微笑着说道："哦，福尔摩斯，不错的主意！我会经常为了钻石干杯的。"

"即使是那些藏在你地窖里的？"他问道。

对俄莱娜而言，这攻了她的不备，"抱歉？"

"尽管上酒之前擦拭过，"福尔摩斯解释道，"但是香槟酒的瓶子上面还是有一层细小的白粉菌，就是常说的霉菌粉末。"

俄莱娜紧张地笑了一声。"请原谅，"她说道，"我会跟福特汉姆说的，我保证，这事不会再发生了。"

"你没懂我的意思，"福尔摩斯仍然毫不放松，"伯爵夫人，您的地窖是潮湿的，这一点毋庸置疑，因为它离泰晤士河非常近。"

俄莱娜又发出了紧张的笑声，"那又怎么样？"

“我注意到你裙摆上，还有詹姆斯先生右脚的靴子上都有同样霉菌的痕迹，所以我觉得您应该已经完全信任了詹姆斯先生，或许已经给他看了你通过不正当手段搜集的珠宝，就在……地窖里？”

“地窖？”她闪烁其词，“我不太明——”

“罗奇尔巡官已经在路上了，”福尔摩斯冷冷地说，“如果伯爵夫人愿意，我们也可以等到他来了，你再交出珠宝。”

她装着很无辜的样子，“交出什么？福尔摩斯，我不知道你在说什……”

“达灵顿-怀特夫人的泪滴耳环，”他打断了她，“奥尔科特男爵夫人的黄金镶钻吊坠项链，布罗顿伯爵夫人的珍珠手镯，宾厄姆夫人的纪念项链等等，哦，当然，还有‘波斯之星’，是善解人意的詹姆斯还不到二十四小时前为你偷来的。”

“胡扯！”俄莱娜说，感觉被中伤一般，“我想你们最好给我出去，现在！”

“伯爵夫人，恐怕你也得出去，”华生礼貌地说道，“我们必须等着罗奇尔巡官。”

俄莱娜转过身对杰西说：“你就不打算做点什么？”

“做什么？”他问。

俄莱娜看了看福尔摩斯，瞅了瞅华生，接着又瞧了瞧杰西。她那深邃如黄宝石般的眼睛此刻突然变得阴沉起来。“给我干掉他们！”她恶狠狠地说。

华生倒吸了一口凉气。

“你确定吗？”杰西说道，“我是说，福尔摩斯可是你的朋友，不是吗？”

“一个想要将我交给苏格兰场的‘朋友’！”俄莱娜愤愤不平地说，“快点，现在动手！”

杰西紧张地凝视着她，然后走到了火炉边鲁伯特·蒙太古的画像处。他取下画像，露出了里面的保险箱，灵巧地操作着密码锁。

俄莱娜盯着他，很惊讶他是如何知道这个保险箱的，直到想起晚上早些时候她打开保险箱的时候，他正在给自己倒酒，他一定是在镜子里看到了她的影子。

杰西掏出了那柄双发小手枪，然后扔给了她，“接着……”

“你这是干什么？”

“俄莉，我并非知恩不报，”他慢吞吞地说道，“但是我觉得是时候你自己来做这些龌龊事情了。”

俄莱娜看着这柄枪，抿住嘴唇，露出了一个有些扭曲的奇怪笑容。她想他这是在考验自己，看看她能不能配得上他这个不法之徒。好吧，这正好。他是不会失望的。

“非常乐意，”她说道，将小手枪对准了福尔摩斯，接着说道，“我真的不想走到这一步，是你让我别无选择的。”

华生快步走到福尔摩斯前面，“不要！”

福尔摩斯被他的忠诚打动了，伸出胳膊，将他推到一边。“谢谢，老伙计。但是这没有必要。”然后又对着俄莱娜说，“这不是你第一次杀人，对不对？”

“你什么意思？”

“谣言是真的，不是吗？你确实对你丈夫下手了。”

她牙关咬紧，“你知道的，那是一场事故，如此而已。”

“算了，伯爵夫人，”福尔摩斯嘲笑道，“跟我说实话吧。”

“苏格兰场相信了我的话，验尸官也是。”

“他们没什么选择，”华生插话道，“没有有力证据。”

“那是之前。”福尔摩斯说。

“你又是什么意思？”俄莱娜神色紧张。

“阿希礼·丹弗斯·科尔爵士，以及中校埃德蒙·亨德森，后来的伦敦警察局署长，他们出于同一个原因，让我盯牢你，伯爵夫人。虽然我们很确定是你杀了你丈夫，但我们没法逮捕你，不过我们下定决心等待时机，等到你下一次案发，我们就可以拘捕你，将你绳之以法。我们等待的不过就是证据。”

“你在虚张声势。”俄莱娜说，显得有些底气不足。

“有个办法能知道真相，”杰西说，“把枪给他。如果像你所说，你是无辜的，就没有什么好担心的。”

“但我会失去一切。”她露出了一个可怕的笑容，“不，谢谢了，先生们。我辛苦了这么长时间，受了太多屈辱，冒了数不清的险，我可不想在监狱里度过余生。”她转过身，面对着福尔摩斯，小手枪对准了他的胸前，“如同往常一样，你是对的。伯爵是我的一颗棋子，仅此而已。”

“那么詹姆斯先生呢？他也是棋子了？世上唯一有胆量去偷‘波斯之星’的男人。”

俄莱娜不发一言，但她的沉默说明了一切。

“他这个棋子现在已经没用了，接下来会发生什么呢？是不是也会和伯爵一样的下场？”

俄莱娜手里的枪颤抖了一下，低垂了一点。她的双唇紧闭，不住地颤抖。在福尔摩斯看来，她不过是一个想要扣动扳机，却无能为力的女人，一个被打败的女人。

但是他错了。

她瞬间举起了枪，扣动了扳机，福尔摩斯和华生本能地退到一边。

屋子里回响着一声轻轻的金属“咔哒”声。

俄莱娜很快又扣了下扳机。

仍然是：“咔哒”。

她盯着枪，像是埋怨它为什么会背叛她。

接着她听见一声金属碰撞的“叮当”声，抬起头，她看见杰西手里把玩着两只弹壳。

“对不起，俄莉。”他说。

“怎么回事？”

“昨晚福尔摩斯来拜访你之后，我帮你挂上画像的时候，将子弹取了出来。”

“可……可这是为什么？”

“因为我不是被你玩弄的傻瓜。”

“杰西，亲爱的，我从来没想过——”

“福尔摩斯告诉我的一切，我并非一无所知，”他厌恶地接着说道，“就像弗兰克经常说的那样，像你这样美丽的女人都是一样的。相信我，我知道得很清楚。你不过就是找个家伙，榨干他，然后摆脱他，就像你所做的，将他推下楼梯。”

“嗨，这些都是胡说八道。”俄莱娜开始为自己辩护。

杰西打断了她："我答应给你偷钻石的那一刻起，我就知道你迟早也会来对付我。"

福尔摩斯脸上显出了轻松的表情，笑容一闪而过，"很明显，我低估你了，詹姆斯先生。"

"你不是第一个低估我的人。"

"或许也不是最后一个，"福尔摩斯接着说，"我们还是到地窖去收集下证据吧？"

"我以为不用走到这一步呢，"杰西说道，他看着伯爵夫人，"带路吧……俄莉。"

第二十三章

逃跑！

俄莱娜心有不甘地领着他们下到地窖。在楼梯的底部，她举起煤气灯，照亮了一扇隐秘的门，里面就是那间狭小潮湿的房间了。他们愣了一会，四周只是寂静。这时福尔摩斯看见了黝黑的进门处的橱子里的蜡烛和火柴，烛光迅速照亮了整间屋子。他举起蜡烛，火舌在墙上照出摇曳的影子。杰西和华生走了进去，开始加倍仔细地检查珠宝的展示柜。

俄莱娜站在门口，看着他们，骄傲地说："很壮观，不是吗？先生们。"

"确实，"华生边看边说，"只是少了王冠首饰。"

"相当奢华，即使对于我来说。"她笑着说道。

杰西嘟哝了一声："俄莉，你这跟抢银行还是没得比。"

俄莱娜大笑起来，但是很难说她是虚张声势还是真的认为自己能够逃过此劫。她面对着三个男人，有些恬不知耻地说："提升际遇，永远不会嫌迟，你们懂的。伯爵就给我留下了很好的机会，可以参观的可远远不止这些。”

杰西摇了摇头，惊讶于她的厚颜，“看样子，我不是你知道的唯一不法之徒，福尔摩斯。”

“绝对的。”

“好吧，”俄莱娜说道，“你们不能谴责一个女孩的努力。”

“福尔摩斯，瞧，”华生指着一件珠宝说道，“那不就是波斯之星？”

福尔摩斯点了点头，“一定是的，伙计。世上不可能有第二件可以和它媲美的大宝石了。”他转向俄莱娜，准备指责她差点酿成了一起严重的外交风波——可是她已无迹可寻。

杰西也才注意到，“见鬼，这……”

福尔摩斯将他推到一边，大步走出房间，来到地窖。在对面的墙上有另一扇半开着的秘门，里面的通道一片漆黑。“这边！”他大叫道。他向通道里面跑去，没拿蜡烛的手将蜡烛圈住，防止它被吹灭了。

杰西跟着他从门缝里走了进去，华生跛行其后。

黑暗的隧道里潮湿、蜿蜒又狭窄。这隧道原是河上的盗贼和走私犯们开挖的，绝对大部分的空间只够一个人通过。顶端低矮而且凹凸，似乎挖掘的工作相当粗制滥造而且急促而就。

他们三人跑的时候，不得不弯下身子，以防头撞到隧道顶端凸出的部分。隧道蜿蜒曲折，跑过一条小道接着另一条小道，福尔摩斯的脸上终于感受到一阵夜晚的清凉空气，他加速奔跑起来。

“我们就快到头了。”他转过身对着身后的两人说道。

“谢天谢地！”费劲跟在后面的华生说道。

他们又转过了一道弯，面前出现了一个缺口，比隧道狭窄。华生一见，哼了一声。他看着福尔摩斯先钻了出去，然后是杰西，他是最后一个。

来到隧道外，福尔摩斯站在杂乱的灌木丛里，急迫地喊道：“快点！我们要阻止伯爵夫人逃跑。”

“我紧跟你。”杰西说道。三个人穿过茂密的灌木、根茎和野草，每一步不小心都会被绊倒。他们终于爬了出来，来到了月光下满是泥块的泰晤士河岸。

他们四处张望，但是没有看见任何动静。

“她不可能跑出那么远。”杰西说。

“不要太武断，”福尔摩斯回答道，“这位女士可是在逃生。比起其他人，你应该更了解那种绝望的感觉，为了免除牢狱之灾或者更糟的情况。”他突然停了下来，指着河里喊道：“她在那儿！”

杰西眯起眼睛，向月光下的半明半暗处张望，看见五十码开外的下游，一个模糊的影子正在爬上一艘划艇。远处忽隐忽现的是一团不祥的浓雾。

“见鬼！”他说道，“我们还没赶上，她就已经到了河中央了。”

“那取决于你是多好的枪手。”福尔摩斯评论说。

杰西冲着他皱了皱眉。“杀女人，我可不在行。”他嘟囔着说。

“炸了它，伙计。我是说划艇。”

杰西咧嘴笑了一下，“只是考验一下你的，兄弟。”他掏出了一把柯尔特手枪，小心地瞄准了小船——俄莱娜奋力划着桨，船正在离岸。

“记住要瞄准吃水线以下。”福尔摩斯说。

杰西开始捏扳机了，但这时一阵浪打来，划艇随着上扬了起来，俄莱娜正好晃到了靶心位置。杰西停了下来，重新瞄准起落不定的船，开了一枪。

体积庞大的柯尔特枪发出了“砰”的一声，打破了夜色的寂静。一股细细的水流从漂浮着的船头喷出了一英尺高。

俄莱娜立马转头看着他们，朝着雾蒙蒙的岸边划得更快了。

“你那神射手的称号突然之间变得名不符实了。”福尔摩斯不快地说道。

杰西斜着瞥了福尔摩斯一眼，神色在夜晚的雾色里几乎难以捉摸。“长夜漫漫，视线不佳。”他回答说。

他一把从肩套里掏出了另一把科尔特手枪，朝着移动的小船开了一枪。这次没有水流。不一会儿，划艇突然向左倾斜，缓缓地下沉。

福尔摩斯沿着河岸一路狂奔，华生则紧随其后。杰西将枪放进了肩套里，在他们身后大步奔跑着。他们赶到了俄莱娜上船的地方，发现追踪已经结束。尽管船倾斜得很厉害，但是仍然漂在水上，而俄莱娜不停地划桨，船已然到了雾蒙蒙的对岸。

“你看，”福尔摩斯烦躁地说，“除非你们能在午夜冰冷的河水里游上一番，要不伯爵夫人就逃脱了，可能再也无迹可寻。”

“你先请，”杰西说，“我是向来不喜欢水的。”

三个男人满眼挫败地看着俄莱娜手握着一只桨，嘲弄地给了他们一个飞吻。紧接着她奋力划桨，不一会儿，小船消失在雾里。

“你必须承认，”杰西轻声笑了出来，“这位女士有的是胆量。”

“只是走狗屎运而已。”华生小声说道。

杰西笑了，露出了他的牙，“我想我兄弟弗兰克是对的。他总是说，一头死狐狸和一头狡猾的狐狸的区别在于，狡猾的这个总是会挖两个洞——一个钻进来，一个逃出去。”

“你的兄弟，”福尔摩斯说着，掏出了手绢，擦了擦汗湿的眉毛，“听上去还真是个老聪明的人。”

第二十四章

新生

伦敦和它西北部的尤斯顿站回响着利物浦火车准备出发的声音。杰西透过一扇敞开的车厢窗户，凝视着福尔摩斯和华生，说道："啊，我想就这样了。看你们俩的脸，就知道一切已晚。"

自从俄莱娜消失在雾里，已经过去两天了。从那以后，没人见过她，连全国范围的搜捕也无济于事。

"嗨，你们必须承认，最近一切都变得相当繁忙，"华生笑着说道，"譬如我，花了好几天来研究收集来的邮票，真是太令人激动了。"

"比看着地里茁壮的玉米有趣一点，"杰西说道，"医生，要是你到密苏里来，你可以和我还有弗兰克一起骑马，随便什么时候。"

"老兄，谢谢啦！"华生说道。他们紧紧地握了握手。

轮到福尔摩斯了，他特地握住杰西的手，直视着他的眼睛说道：“当然，这本跟我无关，不过，我想你回到南方之后，应该不会考虑……‘改行’吧？”

“我想不会的。”杰西说。

“即使不法之徒的生活已经让你付出了这么多？”

杰西耸了耸肩，“如你所说，这就是‘不法之徒的生涯’。或许它会让人吃尽苦头，但是金钱可贵，生命短暂。”

“我不会跟你争执，”福尔摩斯说，“那么，祝你好运，詹姆斯先生，一路顺风！”

“彼此彼此，福尔摩斯。”

一阵尖锐的口哨声在车站里回响着，这时一位老妇人匆匆地爬上了火车，她头发花白，之前一直沿着站台拖着脚走路。

福尔摩斯和华生往后退了一步。杰西最后向他们挥了下手，然后关上窗，回去找了个位置。

他走进一节车厢，里面除了那个老妇人，别无他人，这时火车已经开出站了。老妇人此刻正在打盹，他将行李放在头顶上的货兜里，“扑通”一声坐在了对面的座位上。

火车正在全力加速，很快就开始轻轻摇晃起来。杰西看着沿途的风景——绝大部分都是被煤烟染黑的砖墙和廉租公寓——这让他想起他来英格兰的这段时间里发生的每件事情。就像华生说的那样，这里的生活只是偶尔无聊乏味而已。

但是这长长的归家之路却已经让他觉得有些无聊了。

在来这里的时候，他的脑子里全是复仇。为了打发时间，他必须想出不同的办法来解决和利吉特兄弟的恩怨。但是现在这兄弟俩都死了，那除了回到以前的生活，他还能想些什么呢？虽然他很期待见到弗兰克和母亲，或许还有那么一两个女人，但是劫火车、抢银行已经不再让他热血沸腾了。

对面打盹的老妇人突然挪了下身子，看上去像是要醒了。她透过金属框的小眼镜眯着眼看着他，有些迟疑地说道："不好意思，是你吗，霍华德先生？"

他冲她皱了皱眉，"我认识您吗，夫人？"

"噢，我想是的。"俄莱娜说。她直起了身，环顾四周，确定没有人注意到她，于是摘下眼镜和灰色的假发。

杰西吃惊得连下巴都要掉下来了。"我的老天！"他轻声说道。

俄莱娜"咯咯"地笑了起来，"很高兴又见到你，杰西。"他凝视着她，目瞪口呆，"我当时并非想朝你开枪，你知道的。"

"天知道。"

"那么，或许只是一个友好的误会。无论如何，你自己也并非无辜。"

杰西扬起了眉毛，"夫人？"

"你不是那晚也瞄准了我，或者我的船？"她直言不讳地问道。

他对着她，咧开嘴，大笑了一声，"我想我们永远不会知道，对不？"

她露出了一样的笑容，"哦，这样的话，我们就扯平了。"

杰西还是无法相信她的厚脸皮，说道："你真的知道他们正在全国搜个底朝天，就为了找你？"

“让他们找去，”她应声道，“这些笨手笨脚的蠢蛋，我不会在这儿待下去的。”

“哦，那你去哪？”

“我想可能是密苏里。”

“密苏里？”

“是的，或许科尔尼。”

“想要重新开始新的生活？”

“为什么不？感谢夏洛克·福尔摩斯，我现在又要重新回到来时的地方——底层社会。”

“我想你不会待很久的。”杰西大胆预言。

“希望如此。我已经经历了底层和上层生活，毫无疑问，上层生活更好。”

“非常赞同。如果有什么我可以效劳的，请一定告诉我。”

“那么你不介意我跟着你了，霍华德先生？”

他站起身，走过去，坐在她身边，“一点也不介意，考彬小姐。”

福尔摩斯和华生离开了车站，迈步走上了人行道，准备招呼路过的出租马车。华生说：“我刚刚在想，我们还能再见到伯爵夫人不？”

“见不到一点也不奇怪，”福尔摩斯回答说，他微笑着，想起站台上那个花白头发的老妇人，“但如果下次再遇见，我想她一定已经脱掉衬裙，换上了皮套裤和马靴了。”